思想的・睿智的・獨見的

經典名著文庫

學術評議

策劃　楊榮川

五南圖書出版公司 印行

經典名著文庫

學術評議者簡介（依姓氏筆畫排序）

- 丘為君　美國俄亥俄州立大學歷史研究所博士
- 吳惠林　美國芝加哥大學經濟系訪問研究、臺灣大學經濟系博士
- 宋鎮照　美國佛羅里達大學社會學博士
- 林玉体　美國愛荷華大學哲學博士
- 邱燮友　國立臺灣師範大學國文研究所文學碩士
- 洪漢鼎　德國杜塞爾多夫大學榮譽博士
- 孫效智　德國慕尼黑哲學院哲學博士
- 秦夢群　美國麥迪遜威斯康辛大學博士
- 高明士　日本東京大學歷史學博士
- 高宣揚　巴黎第一大學哲學系博士
- 張光宇　美國加州大學柏克萊校區語言學博士
- 張炳陽　國立臺灣大學哲學研究所博士
- 陳秀蓉　國立臺灣大學理學院心理學研究所臨床心理學組博士
- 陳思賢　美國約翰霍普金斯大學政治學博士
- 陳清秀　美國喬治城大學訪問研究、臺灣大學法學博士
- 陳鼓應　國立臺灣大學哲學研究所
- 曾永義　國家文學博士、中央研究院院士
- 黃光國　美國夏威夷大學社會心理學博士
- 黃光雄　國家教育學博士
- 黃昆輝　美國北科羅拉多州立大學博士
- 黃政傑　美國麥迪遜威斯康辛大學博士
- 楊維哲　美國普林斯頓大學數學博士
- 葉海煙　私立輔仁大學哲學研究所博士
- 葉國良　國立臺灣大學中文所博士
- 廖達琪　美國密西根大學政治學博士
- 劉滄龍　德國柏林洪堡大學哲學博士
- 黎建球　私立輔仁大學哲學研究所博士
- 盧美貴　國立臺灣師範大學教育學博士
- 薛化元　國立臺灣大學歷史學系博士
- 謝宗林　美國聖路易華盛頓大學經濟研究所博士候選人
- 簡成熙　國立高雄師範大學教育研究所博士
- 顏厥安　德國慕尼黑大學法學博士

經典名著文庫082

詩學
Poetics

亞里斯多德（Aristotle）著
劉效鵬 譯註、導讀

經典永恆・名著常在

五十週年的獻禮・「經典名著文庫」出版緣起

總策劃

閱讀好書就像與過去幾世紀的諸多傑出人物交談一樣——笛卡兒

五南，五十年了。半個世紀，人生旅程的一大半，我們走過來了。不敢說有多大成就，至少沒有凋零。

五南忝爲學術出版的一員，在大專教材、學術專著、知識讀本出版已逾壹萬參仟種之後，面對著當今圖書界媚俗的追逐、淺碟化的內容以及碎片化的資訊圖景當中，我們思索著：邁向百年的未來歷程裡，我們能爲知識界、文化學術界做些什麼？在速食文化的生態下，有什麼值得讓人雋永品味的？

歷代經典・當今名著，經過時間的洗禮，千錘百鍊，流傳至今，光芒耀人；不僅使我們能領悟前人的智慧，同時也增深加廣我們思考的深度與視野。十九世紀唯意志論開創者叔本華，在其〈論閱讀和書籍〉文中指出：「對任何時代所謂的暢銷書要持謹慎的態度。」他覺得讀書應該精挑細選，把時間用來閱讀那些「古今中外的偉大人物的著作」，閱讀那些「站在人類之巔的著作及享受不朽聲譽的人們的作品」。閱讀就要「讀原著」，是他的體悟。他甚至認為，閱讀經典原著，勝過於親炙教誨。他說：

「一個人的著作是這個人的思想菁華。所以，儘管一個人具有偉大的思想能力，但閱讀這個人的著作總會比與這個人的交往獲得更多的內容。就最重要的方面而言，閱讀這些著作的確可以取代，甚至遠遠超過與這個人的近身交往。」

為什麼？原因正在於這些著作正是他思想的完整呈現，是他所有的思考、研究和學習的結果；而與這個人的交往卻是片斷的、支離的、隨機的。何況，想與之交談，如今時空，只能徒呼負負，空留神往而已。

三十歲就當芝加哥大學校長、四十六歲榮任名譽校長的赫欽斯（Robert M. Hutchins, 1899-1977），是力倡人文教育的大師。「教育要教真理」，是其名言，強調「經典就是人文教育最佳的方式」。他認為：

「西方學術思想傳遞下來的永恆學識，即那些不因時代變遷而有所減損其價值的古代經典及現代名著，乃是真正的文化菁華所在。」

這些經典在一定程度上代表西方文明發展的軌跡，故而他爲大學擬訂了從柏拉圖的《理想國》，以至愛因斯坦的《相對論》，構成著名的「大學百本經典名著課程」。成爲大學通識教育課程的典範。

歷代經典．當今名著，超越了時空，價值永恆。五南跟業界一樣，過去已偶有引進，但都未系統化的完整舖陳。我們決心投入巨資，有計劃的系統梳選，成立「經典名著文庫」，希望收入古今中外思想性的、充滿睿智與獨見的經典、名著，包括：

- 歷經千百年的時間洗禮，依然耀明的著作。遠溯二千三百年前，亞里斯多德的《尼各馬科倫理學》、柏拉圖的《理想國》，還有奧古斯丁的《懺悔錄》。
- 聲震寰宇、澤流遐裔的著作。西方哲學不用說，東方哲學中，我國的孔孟、老莊哲學，古印度毗耶娑（Vyāsa）的《薄伽梵歌》、日本鈴木大拙的《禪與心理分析》，都不缺漏。
- 成就一家之言，獨領風騷之名著。諸如伽森狄（Pierre Gassendi）與笛卡兒論戰的《對笛卡兒沉思錄的詰難》、達爾文（Darwin）的《物種起源》、米塞斯（Mises）的《人的行為》，以至當今印度獲得諾貝爾經濟學獎阿馬蒂亞・森（Amartya Sen）的《貧困與饑荒》，及法國當代的哲學家及漢學家朱利安（François Jullien）的《功效論》。

梳選的書目已超過七百種，初期計劃首爲三百種。先從思想性的經典開始，漸次及於專業性的論著。「江山代有才人出，各領風騷數百年」，這是一項理想性的、永續性的巨大出版工程。不在意讀者的眾寡，只考慮它的學術價值，力求完整展現先哲思想的軌跡。雖然不符合商業經營模式的考量，但只要能爲知識界開啓一片智慧之窗，營造一座百花綻放的世界文明公園，任君遨遊、取菁吸蜜、嘉惠學子，於願足矣！

最後，要感謝學界的支持與熱心參與。擔任「學術評議」的專家，義務的提供建言；各書「導讀」的撰寫者，不計代價地導引讀者進入堂奧；而著譯者日以繼夜，伏案疾書，更是辛苦，感謝你們。也期待熱心文化傳承的智者參與耕耘，共同經營這座「世界文明公園」。如能得到廣大讀者的共鳴與滋潤，那麼經典永恆，名著常在。就不是夢想了！

二〇一七年八月一日 於

五南圖書出版公司

譯者序

從民國五十六年大學三年級，開始研讀業師姚一葦先生之《詩學箋註》，四十年來反覆讀了無數次。教書寫文章一再引用，有些辭句脫口而出，還眞以爲是自己的想法，隨即啞然失笑。

記得前年夏天在電梯中遇到王士儀教授，我很不識相地建議他可不可以把他的《亞里斯多德《創作學》譯疏》改得好讀些?他說：「本來就那麼難。」我仍不死心：「可是英譯本也沒那麼難！」他說：「他們都錯了。」於是我就在想亞里斯多德的學生果眞個個是天才，聰明如雅典娜女神?恐怕也未必。

亞氏《詩學》之難在其斷簡殘篇處。在今日所見之悲劇不及當時的千分三十，羊人劇不到百分之一，喜劇亦然；在其書中所提之詩人多少早就無可考，好些詩篇僅知其名，想要尋個一鱗半爪也不可得；有許多人事掌故，今日難以索解，再加上時代邈遠，文化所生之隔膜，不能跨越，凡此種種的確是障礙而且也無可解。

然而其所論述的基本原則與概念卻清晰明白，甚至很常識，一點也不難。所以，我想一方面把它譯成可以朗朗上口的講稿形式，盡可能達到聽得懂的程度；但在另一方面對於《詩學》中所提及的希臘神話傳說故事、詩人、劇作、名人一一作註，或許西方人，早已耳熟能詳，無庸多贅，可是就我國一般的讀者而言，即有「可恨無人作鄭箋」之嘆了。

去年寒假在我譯完初稿後，就委請博士生、碩士生、大學生、高中生各一位試讀，凡有疑難不解之處，即重新譯註。所幸，今夏已大致完成，雖不盡滿意，但暫且擱置，期盼出版後聽取各方批評再一併修訂。

所寫之導論分別介紹了亞氏生平事略，著作一覽，《詩學》流傳過程中的魔障，分析其層次體系，並將每章提要附在正文之前以利初學和方便查閱。關於亞氏《詩學》中的疑難和評論因非本書預定題旨，擬另立專文討論。翻譯撰寫過程中，點點滴滴的知識莫不得自前人，參考書目中的任何一位作者都有助於我而理當感謝，尤其是那些《詩學》的譯著前輩均是我師，在此致上最大的敬意和禮拜。

劉效鵬謹識於東湖

民國九十六年九月八日星期六

導讀

一、亞氏生平事略

亞里斯多德生於公元前三八四年，祖居希臘之安德羅斯（Andros），後遷移到馬其頓所統治的史塔吉拉（Stagira）。世代行醫，其父尼科馬可斯（Nicomachus）更為亞敏特斯二世（Amyntas II）之御醫。因其家學淵源修習過醫術，奠定了他的科學研究的態度與基礎。

在他十七歲那年（公元前三六七年）到了雅典，進入柏拉圖學園，展開悠長的學習之旅。由於天資聰穎，勤奮向學，贏得師生的敬重，有「讀書人」，園中「理性」（Nous）之美譽。十年後以其豐富的知識與智慧，也依規定成為輔導教學和研究的一員。迨其師柏拉圖於公元前三四七年過世，學園交給他的外甥掌管時，亞氏即行離去。①

① 關於亞氏離開柏拉圖學園的說法有二：一是人事的傾軋或紛擾，與亞氏同時走的還有冉諾克萊特斯等人；二是在雅典爆發了反馬其頓的風潮，亞氏為免受波及抽身離去。Cf. James Hutton, trans. *Aristotle's Poetics* (New York and London: W. W. Norton and Company, 1982), p.2。

旋至同窗好友荷米亞斯（Hermias）所統治的艾索司（Assos）宮庭爲座上賓，並娶其外甥女派翠亞絲（Pythias）爲妻，收了賽奧弗拉史托斯（Theopharstos）這位傑出的門生，追隨他研究學習，後來成爲亞氏的繼承者。他本欲久居此地，不料，前後才三年光景，荷米亞斯被波斯人暗殺。在政局混亂中，亞氏只得攜妻逃往鄰近萊斯勃司（Lesbos）的島嶼，而派翠亞絲產下一女，亞氏也以該地爲其自然生態博物館，進行生物學的研究。

約於公元前三四二年，馬其頓王菲力普（Philip）邀請亞里斯多德赴培拉（Pella）宮廷，擔任年僅十三歲的亞歷山大（Alexander）的教師。其實這段緣分不算偶然，亞氏從小就出入宮廷，即結識菲力普王子。他在四年內可能給亞歷山大講授過荷馬史詩、希臘悲劇、修辭學、政治學、倫理學等課程。到了公元前三四〇年，亞歷山大奉命監國主持政務，不得不中斷課業。而亞氏也受菲力普之託回返其故鄉史塔吉拉城，指導該地因戰亂荒蕪亟需復興的工作。據說他的重建做得不錯，該地居民爲感念其功，還定了一個例假日。②

馬其頓王菲力普被謀害於公元前三三六年，亞歷山大繼位並迅速擴張，征服了希臘諸城邦。亞里斯多德也在公元前三三五年回到雅典，不過，亞氏沒有重返柏拉圖學園，而

---

② 參見Will Durant, *The Story of Civilization Book VII*，中譯本，張平男等（臺北：幼獅，民六十二），頁九十六。

是在城外奉祀阿波羅與繆思女神的聖地，建立他自己的學校，即是後來舉世聞名的呂克昂（Lyceum）學院。由於亞氏與其弟子常漫步於庭院有頂蓋的走廊（peripatos）討論問題，因此有「逍遙學派」（Peripatetics）之稱。亞氏從未參與亞歷山大帝國的政務，唯其師生情誼不錯，大帝曾下令將動物標本送交亞氏研究，也有書信往還，可能資助過學園的建設與經費。③雖然很難評估這位偉大的哲學家究竟對大帝國的創建者有多少影響，但亞歷山大是希臘文化仰慕者，隨著他的鐵蹄傳播了此文化的種子於其整個帝國，乃是不容否認的事實。

自從學園創立以來，亞氏除了收集圖書古籍、標本、研究外，教學與寫作當屬重心，故今日所見之大量的講稿筆記應是這段時間留下者居多。馬其頓的興衰變化總是牽動著亞氏命運的窮通，公元前三二三年，亞歷山大大帝猝死於巴比倫。隨即在雅典掀起一股反馬其頓（anti-Macedonian）的浪潮，亞氏不希望雅典人再度犯下迫害哲學家之罪，他自己也不願成爲第二個蘇格拉底，將學園交由弟子主持管理。自己避居馬其頓所掌控的歐波亞島（Euboea）的卡爾西斯（Chalcis），也因該地是亞氏母親法伊絲提斯（Phaistis）的故鄉，且留有產業。次年（公元前三二二年）染恙病故，享壽六十三歲。遺下一女一子，其子似

③同前註，見該書頁一〇一和九十六。

爲妾室所生，名隨祖父亦曰尼科馬可斯。④對此震古鑠今的哲學大師之生平所知竟是十分有限，實有憾焉。

二、著作一覽

假如從公元前三五七年亞氏開始擔任教學工作算起，至公元前三二三年離開呂克昂學園爲止，長達三十餘年的講學研究，自是留下大量的筆記、文稿與著作。根據公元二世紀的傳記作家萊特修斯（Diogenes Laertius）在其《著名哲學家傳》中，所載之亞氏著作錄爲一六四種四百多卷四四五二七〇行。

而今所謂《亞里斯多德全集》標準本，我們只能見到四十七種，而且還有十三種疑作甚或是僞書。柏林科學院授命貝克（Immanuel Bekker）教授主持編輯《亞里斯多德全集》，從一八三一至一八七〇年，凡四十年才完成之鉅著。全書共計五大卷，前兩卷收錄亞氏著作

---

④據說Pythias為亞氏生下一女後過世，後來亞里斯多德和妓女海普麗絲（Herpyllis）結婚或同居，曾於遺囑中要求執行人善待她盡量做最好的安排。不過，他至死還深深懷念Pythias，要求與其遺骨合葬在一起。見《亞里斯多德全集殘篇》，李秋零譯（臺北：知書房，二〇〇一），頁五二一；又據《尼各馬可倫理學》（*The Nicomachean Ethics*）即亞氏之子尼科馬可斯所編而得名。同前註參見該書頁九十六和一〇九。

本文。兩卷有一四六二頁，每頁分 a、b 兩欄，每欄從三十至四十行不等，每隔五行標出行碼數。非但有標準本之美譽，且有沿用至今之實。

其編排的方式，大體上是按照亞氏的學科分類進行的。首先是思想方法，邏輯學即所謂《工具論》：包括〈範疇〉、〈解釋〉、〈分析〉、〈論題〉、〈辯謬〉等篇；⑤其次是理論或思辨之學：《物理學》、《論天》、《論生成和消滅》、《天象學》、《論靈魂》、《論感覺及其對象》、《論記憶》、《論睡眠》、《論夢》、《論睡眠中的徵兆》、《論生命的長短》、《論青年和老年》、《論生死》、《論呼吸》、《動物志》、《動物的器官》、《動物的運動》、《動物的進程》、《動物的生成》、《形上學》等；⑥再其次爲實踐的科學：有《尼各馬可倫理學》、《大倫理學》、《優臺謨倫理學》、《政治學》、《雅典政制》和《家政學》（或《經濟學》）等；最後是製作之學：《修辭學》和《詩學》。如此包羅萬象的皇皇鉅著，眞是令人望而生畏。

說到亞里斯多德對後世的影響，羅素（Bertrand Russell）的評價最弔詭最有趣，他一方面認爲由於亞氏生於希臘思想創造的末葉，一直要到他死後的兩千年，這個世界才又產生一

⑤ 標準本將〈論題〉與〈辯謬〉兩篇置於第三部分，現將辯證法列入思想工具類。
⑥ 業經專家學者考證非亞里斯多德所寫之偽作，雖是全集標準本之書卷，也不列舉在內。

些大致能與其匹敵的哲學家如康德之流；另一方面因爲他的權威性始終不容置疑，成爲進步的嚴重障礙。甚至在整個近代史上，每當科學、邏輯、哲學向前跨一步，總是要跟亞里斯多德的徒子徒孫們爭取得來。⑦這當然不是亞氏之過，而是後世的問題。

三、《詩學》流傳過程中的魔障

一般也把亞氏流傳的著作分成兩類：一類是公開對外刊行給一般人閱讀者（exoteric works），可能有二十餘種，採用當代流行的對話體，在結構與文辭方面比較講究而且優美。受到西塞羅（M.T. Cicero）等人的推崇，唯除去一八九〇年發現的以埃及紙草寫成的《雅典政制》外，無一倖存。另外一類是對內未發行的祕笈（esoteric works），顯然保有亞氏講稿形態供學生研讀者，這種不論是老師上課用的講稿或學生聽課的筆記，都可稱之爲「聽的著作」（works for listening to）。其結構散漫，偶爾重覆，文字雖簡潔但也有時艱

⑦ 引自羅素，《西方哲學史》（臺北：五南，民七十三），頁二二〇、二七五。

澀。最能發揮這種模式的是撰寫科學性的文章。留傳至今者有三、四十種，《詩學》即屬此列。⑧

大約在公元前一世紀的後半葉，安莊尼寇斯（Andronicus of Rhodes）將亞氏這些祕笈出版，《詩學》應爲其一，可能流通量不足，在西羅馬帝國時代少有人提及它。但依據後來的資料顯示，在東西羅馬帝國甚至於阿拉伯世界都有少量流傳的跡象，不過由於亞氏《詩學》著作的年代不確定，所留傳的文本可能包括他的初稿、修訂，以及後人的竄改部分都摻和在一起。各抄本所依據的祖本不一，內容有異，早晚不同，未有定本。

唯其中以存放在法國巴黎國家圖書館（Bibliothèque Nationale）之希臘文手抄本編號Parisinus 1741，公認爲最可靠的善本，校勘者簡稱爲A本。它可能成書於十一世紀，

⑧ 一個關於亞氏祕笈命運多舛的故事大致如次：呂克昂學園的繼承人賽奧弗拉史托斯（Theophrastus）約於公元前二八五年，將其師之祕笈，交託弟子耐流斯（Neleus）保管。他收藏於塞普西斯（Scepsis），其後人恐為波格曼姆（Pergamum）王掠奪，將書藏於地窖中，以致損毀甚鉅。終究，由收藏家愛派里康（Apellicon）高價買回雅典，俟其身故，才被征服者蘇拉（Sulla）於公元前八四年帶到羅馬。再由羅得斯的安莊尼寇斯編輯問世。

一四二七年以前尚存於拜占庭帝國的君士坦丁堡，十五世紀末傳到義大利的佛羅倫斯，⑨再輾轉為法國巴黎國家圖書館收藏。因與亞氏另一著作合在一塊兒，長年被人忽略。直到十八世紀中葉以後才發現它的存在價值並引發高度關注。對此抄本的校勘工作，有卓越貢獻者如：Thomas Tyrwhitt, Immanuel Bekker, Johannes Vahlen等，從而奠定A本的權威地位。再經S. H. Butcher和Ingram Bywater所發表的校勘、英譯和評註本更是達到空前的水準。⑩

編號Riccardianus 46之希臘文手抄本，雖然成書於十三世紀到十四世紀，錯誤不少，但

---

⑨ 公元一四五三年，土耳其人攻陷了君士坦丁堡，東羅馬帝國滅亡。許多學者攜帶了古代典籍逃到義大利等國，其中也包括《詩學》。古騰堡的印刷術於一四六五年適時傳入，起了推波助瀾的作用，《詩學》能大量刊行普及，使得研讀蔚為風潮，文評者奉為經典權威。而《詩學》也由希臘文的手抄本，翻成拉丁文（一四九八）、法文（一六九二）、英文（一七八九）、德文（一七五五）等各種語言的譯本。當然，一經翻譯成其他語言時，每個譯者的解讀和寫作能力不同，所完成的譯本必然有別。在此既無意敘述其歷史，也不想比較各版本的優劣，僅建議多讀幾個版本，一定能減少誤解，多方領悟。

⑩ 關於《詩學》文本流傳的歷史、系統、版本的參考書目可參閱O. B. Hardison, Jr. *Aristotle's Poetics* (N. J. Prentice-Hall, Inc., Englewood Cliffs, 1968), pp. 56-58 & pp. 297-99. See also Kassel, R.. *Aristotelis de Arte Poetica Libre* (Oxford Classical Texts) Oxford: Oxford University Press, 1965。Kassel於其希臘文本的序言中描述了我們此刻對於亞氏《詩學》版本知識的現況。而胡耀恆教授又在其基礎上撰寫了〈詩學的版本及其主要英文翻譯——兼述Aristotle著作的傳遞〉一文，刊於《中外文學》，第十五卷，第九期，臺北：民國七十六年二月。

其祖本不同於A甚且早些，校勘者簡稱爲B或R本。至十九世紀後半才受到學者專家的注意，它確實可補A本之不足。

又按，獨立於A、B兩種抄本外的第三種校勘依據爲William de Moerbeke於一二七八年所完成了《詩學》拉丁文本，至今尚存兩部手抄本，不過一直到一九三〇年才爲人所知善加運用。⑪

最能代表《詩學》流傳滄桑史者，當屬九世紀末，Ishāq ibn Hunain根據七世紀甚至更早的希臘文的《詩學》抄本，翻成敘利亞文本（Syriac version）。約於十世紀Abū Bishr Mattā再翻成阿拉伯文，其人不知悲劇爲何，所譯內容可想而知。但自D. S. Margoliouth於一九一一年將此阿拉伯文本翻譯成拉丁文之《詩學》，並對英譯本提供了新訊息。⑫至今的校勘注疏往往是搜集各種版本，截長補短者居多。

---

⑪ See Aristotle Latinus xxxiii, ed. Minio-Paluello (Bruges/Paris, 1953). Cf. D. W. Lucas, *Aristotle Poetics* xxiv (Oxford at the Clarendon Press, 1968)。它的出現也證實十三世紀持續有人研讀亞氏《詩學》，只是不很普遍，或者是說後世不清楚中世紀的學術活動情形。

⑫ 布氏（S. H. Butcher）就參考了馬氏從阿拉伯文所譯之拉丁文本，完成其希、英版的《詩學》評註本，見一八九七年第二版序。稍晚，由J. Tketsch譯成較佳的版本，分別於一九二八年在維也那出版卷一，一九三二年再出卷二。參見陳中梅譯註，亞里斯多德，《詩學》（臺北：商務，民九十），頁十—十一。See also D. W. Lucas, *Aristotle Poetics* xxii (Oxford at the Clarendon Press, 1968)。

四、分析

1. 關於藝術的模擬，一般咸信第一個使用模擬解說藝術的人是偉大的數學家畢達哥拉斯（Pythagoras，?—公元前四九七年），特別是指音樂與舞蹈方面。我們從亞里斯多德的《形上學》中讀到：「畢達哥拉斯說事物由模擬數目而存在。」（Met. 987b11）畢氏及其門徒發現音符與弦的長度相關，唯有成比例的和能整除的才是樂音，因此認爲音樂建立在數目的基本性質上，或者是把音樂歸因於心靈中運動的數目的一種模擬。然而以模擬作爲全面性討論藝術概念的人則是柏拉圖，他說：「詩人或畫家除了生產任何人造事物之外，……能創造所有的植物、動物，當然包括他自己在內，還有地上、天上、神和天體，以及地底下冥府的所有事物。」[13]但這可不是什麼溢美之詞，或高度評價。相反地，他貶抑道：「畫家儘管對鞋匠、木工或任何其他技藝之士的技藝，一無所知，卻畫得出他們。並且如果他技藝頗佳，在某種距離展示其木工圖像時，就能騙得了一個小孩或者一個老實人，認爲他眞是一位木匠。」[14]猶有進者，按照柏拉圖所舉的三個床爲例：只有理念世界的床是永恆不變，最完

⑬ 引自柏拉圖（Plato）《理想國》（*Republic*）卷十，侯健譯（臺北：聯經，民六十九），頁四五九。
⑭ 同前註，見該書頁四六二。

全最普遍。現實世界中的床或者工匠所造的床是對理念世界的模擬，它是不完全的，具體特殊形形色色因時空而異。而畫家或詩人所描摹的床又是模擬現實世界的床。所以是不完全之不完全，影子的影子，距眞理隔了三重。⑮亞里斯多德雖是柏拉圖的弟子，但在模擬的觀念迥然有別。現分述如下：

(1)設定模擬爲音樂、舞蹈、繪畫、雕塑、詩等純藝術的共同原理原則，並以媒介、對象和樣式爲分類的基準。（一、四十四）

(2)認爲詩的產生或起源於模擬的本能，並且從模擬中獲得快感爲普遍的現象（四、六十二），所以只要有人類存在的一天就會有詩或藝術。

(3)亞氏認爲詩與歷史之不同並不在於一個採用韻文另一個使用散文，而是歷史描述已發生的事，詩則描摹可能發生的事。因爲詩傾向於表現普遍，歷史則爲特殊，故詩比歷史更哲學更高層次。所謂普遍意指某一個類型的人按照概然或必然律，在某一個場合中會如何說或如何做；詩裡雖賦予人物姓名目標卻在這種普遍性（九、九十四—九十五）。換言之，用具體的情節和特定的人物，來代表或傳達普遍的眞實或眞理。歷史則不同，它把所有發生在那個時期中的一個人或許多人的事件編寫在一起，其間甚少關聯。也就是說在事件的序列中，

---

⑮ 同前註，見該書頁四六〇—四七一。

有時一件跟著另外一件，卻沒有隨之產生單一的結果，因爲它們只是時間上相連或接近，兩者可能並無因果關係（二十三、一八八）。

既然這是兩者的根本差異，那麼詩之模擬就不一定要符合現實生活的種種風貌。故有所謂：「模擬的對象可以是下列三者之一：依照事物原來或現在的樣子；事物被說成或被想成的樣子，亦或者事物應該是什麼樣子。」（二十五、二〇六）從上所述，按照現實生活來寫僅只是詩人的選項之一。優里匹蒂斯爲其表率，現代的寫實主義所高舉之大纛，甚或是寫實風格之文藝都以此爲標的。第二種情形適用於神話傳說或任何人類想像出來的事物，當然包括不可能出現在眞實人生中的事物。甚至主張，與其選擇現實人生中偶然或意外所發生的事件，還不如想像一些合乎概然或必然因果關係卻不可能在生活中發生的事。它們可以滿足藝術的要求，呈現更高的事物或理想的類型，所以超越現實。

至於事物應該有的樣子更是亞氏所推崇爲之辯護的，不但索福克里斯是這樣創作典型的範例，並且也用繪畫來強調「悲劇是對一個超出一般水準之上的人物的模擬，要以一個好的人像畫家爲榜樣。當他們再現其本人的特殊相貌時，除了畫得逼眞外還要更美些。故詩人也一樣，表現一個人是怠惰的或易怒的或其他性格的缺點時，應該在保留這個類型之外還可以讓他更高貴些」（十五、一三二）。

然而，單就《詩學》本身不易理解所謂應該有的樣子（ought to be）。按照亞氏《形上學》的說法在生成當中，有些因自然生成，有些因人工生成，有些因自發生成。⑯唯不論哪一種生成的原因其原理原則並無不同，製作者或藝術家用自然的材料建構本質，如一座雕像的材料是大理石、一間屋宇的材料爲木頭，或一部悲劇的材料是語言；形式是我們能夠歸因於一個事物的概括描述，如方形、圓形或任何可感覺到的形狀，出自技術或潛能生成者都一樣。故所謂本質是材料和形式不可分的統一體。每一個事物它生成什麼，是因爲它的材料接受了一個形式，才賦予它目的和意義。⑰總括地說來，一個事物的形成有材料因、形式因、目的因和動力因等四個。⑱

---

⑯ 見亞里斯多德，《形而上學》，苗力田譯（臺北：知書房，二〇〇二），頁一七九。

⑰ 同前註，見該書頁一二二有云：「原因的意思是一個內在於事物之中，事物由之生成，例如：青銅是雕像的原因，白銀是杯盞的原因，以及諸如此類。另一個是形式或模式，也就是其所以是的定義，以及諸如此類，例如：二比一和一般意義上的以及構成定義的那些部分是八度音程的原因。其次，變化和靜止由之開始之點，例如：策劃者是原因，父親是兒子的原因，一般說來，製作者是被製作者的原因，變化者是被變化者的原因。第三，作為目的的原因，它就是何所為，例如：健康是散步的原因。為什麼要散步呢？我們說為了健康，在這樣說的時候，我們就認為指出了原因。在另一運動進行中作為達到目的的居間者也是一樣，例如：減肥、灌腸、藥劑和器械都是健康的居間者。因為這一切都是為了一個目的，相互的區別點就在於有的作為工具，有的作為活動。」

⑱ 亦請參見亞里斯多德，《物理學》，徐開來譯（北京：中國人民大學，一九九一），頁三十七—三十九。

同時還要強調這個原理是動態的而非靜止的，並且它本身有一種運動的力量，逐漸走向完美，止於至善。例如：人傾向於健康、美麗；諷刺詩演進到喜劇；敘事詩由悲劇繼承發揚光大。甚而在悲劇的歷史中，每個新元素顯示其自身轉變發展的方向。歷經多次轉變後，建立了它的自然形式，然後就此打住（四、六十四）。對喜劇的看法也一樣，如其通過相當的演進步驟，取得明確的形態就趨穩定（五、七十）。並可推論到「每一種藝術都應該產生不是偶發的快感而是獨特的快感……可以完美地達成其自身的目的」（二十六、二二〇）。⑲

2. 動作：亞氏指出詩人與其他人之不同，不是因爲他使用韻文，而是基於模擬的緣

---

⑲ 亞氏《詩學》此處的主張呼應其自然的概念：「……何所為和目的與達到目的手段是同一的。而且，自然就是目的和何所為。因為，如果某物進行連續的活動，並且有某個運動的目的，那麼，這個目的就是終結和所為的東西。……只有最好的終結才叫目的。」（同前註，引自該書頁三十六）不過亞氏也指出運動所由出發的個別本原，對每一個體不可能全然一樣，永遠趨於相同的目的，假如有什麼阻礙，或有可能出自機會生成。也就是說事物的生成除了上述四個固有的原因外，也可能出於偶然，是機會（chance）或自發（automaton）而有所不同。嚴格說來，兩者還有區別，自發的適用的範圍更廣泛，甚至一切碰機會的東西都由於自發，但自發的東西不見得都是碰機會。例如：一個人去到市場，由於機會，他發現了想要找的那個人，但是，他原不指望遇到他，因為他去市場的原因是為了想買東西。而自發一詞中的maton就有枉然的意思。比如，某人去某處是為了方便一下，但走去之後卻沒有排泄，我們就會說他枉自走了一遭（見該書四十一－四十九）。又比方說某人跳樓自殺，恰巧有個賣粽子的小販騎車經過，自殺者砸死了賣粽子的，他卻活了下來。

故，並且由於他模擬了動作。但不知什麼原因或理由，亞氏沒有對動作一詞做出定義或清晰的解釋，以致眾說紛紜，難以確定。本文盡可能自《詩學》本身尋求解答，免得治絲益棼。

首先，他確定「模擬的對象爲動作中的人」（二、五十二），因此，不同類型的詩所表現的對象或動作有異。同時它也意味著動態、過程、作爲和交互影響。正如「悲劇是一種模擬，不是人物，而是一種動作和人生，並且人生是包括在動作中，其目的是一種動作的模式，不是一種性質」（六、七十五）。

事實上，戲劇又比其他的詩來得複雜、廣泛。甚至有人說，戲劇之名是來自再現動作之類的詩（三、五十六）。亦即是劇中人物之作爲（to do something）或作爲的動機，可說是動作的第一個層面。而悲劇與敘事詩之不同在於模擬的樣式，悲劇透過動作的形式，敘事詩則純然是敘述。既然悲劇的動作要由人來表演，也必然使得場面設備成爲基本要素，是故戲劇的動作包括製作的層面（to make something）。猶有進者，在閱讀或觀賞戲劇時自其動作中掌握或領悟（to grasp or understand）到什麼爲動作的第三個層次。[20]

亞氏除了在其著名的悲劇定義中說對一個嚴肅、完整、具有一定規模的動作的模擬

---

[20] Cf. Fergusson, F., ed., *Aristotle's Poetics* (New York: Hill&Wang, 1961); Editor's introduction, together with S. H. Butcher's translation, pp. 10-11.

外，還不厭其煩地強調一個動作的重要性，認為一個人的一生有許多個動作，不可能變成一個動作，所以，詩人在編寫其詩篇時不應涵蓋某人所經歷的全部事件。而是從主人翁的一生中選擇一個動作來建構其悲劇。這當然也包括喜劇、敘事詩等其他類型在內，反之，在編寫上犯了嚴重的錯誤。甚至他擴充到更廣泛的領域：「正如其他的模擬的藝術，模擬是單一的，模擬的對象只有一個。」（八、八十九）

至於完整的動作則解釋爲「有開始、中間與結束。開始是它本身必然地無須跟隨任何事，但某些事自然地隨後產生或到來。相反地，結束就是它本身自然地跟隨於某些其他事，係出於必然性或是一種規律，卻無事跟隨著它。中間是跟隨著某些事正如某些其他事跟隨著它」（七、八十四）。對動作的統一亞氏採取歸謬證法：「如果他們的任何一部分遭到替換或移除將會脫節和混亂。因爲一件事之有無，不會造成明顯的不同，就不是整個有機體的一部分。」（八、八十九）

而其規模則涉及審美的基本原則「因爲美要依賴規模和秩序」（七、八十五）。有些動作或事物雖是完整的但規模不足，就不會是美麗的。例如：非常小的微生物看起來太模糊幾乎沒有什麼感覺，無法產生愉悅之情。反之，非常龐大的物件眼睛不能立即窺其全貌，觀者失去完整與統一感，也不會是美的。同理，動作有一定的長度是必要的，但要能記得住才行。如果太長，超出了記憶的限度，則不妥。亞氏界定悲劇的規模爲「依照概然或必然律，造成從不幸轉到幸福或者是由幸福轉到不幸的一種改變」（七、八十五）。

一般說來，敘事詩比較長，基於相同的論點認爲：「從開始到結束必須能一次就看完。在這種條件下，規模要比古老的敘事詩爲短的詩篇，會比較令人滿意，答案是相當於一次演完的悲劇組的長度。」（二十四、一九六－一九七）又按亞氏在比較悲劇與敘事詩的長度時說：「因爲悲劇試圖盡可能限定於一個太陽日裡完成，容或超過這個限制；反之，敘事詩的動作沒有時間的限制。雖然最初悲劇也像敘事詩一樣容許這種自由……。」（五、七十一）

嚴格說來，以上所論之長度涉及的層次並不相同。第一種是指詩人在設計動作和結構情節時，應讓劇中主人翁至少經歷一次不幸的遭遇，有過受苦的階段，否則不能激起悲劇的情緒效果，達成其目的。這是個本質和原則問題，屬於編劇和劇本的層次。第二種是指閱讀或演出的長度，可以用物理方式來計數，有其客觀的絕對性。第三種係指戲劇動作進行過程中所設定的時間長度與第二種物理時間往往不相稱，完全一致的反而是特例。敘事詩的動作從開始到結束所設定的時間常是自由沒有限制。文藝復興時期義大利的批評家所主張的戲劇三一律，其時間的統一（unity of the time），就根源於此。當然這種人爲的限制只能盛行於一時，因爲它不是戲劇的本質問題，只涉及形式和技術層面。

其次，動作與戲劇基本要素的關係如下：⑴情節是對動作的一種模擬（六、七十五），或者說是由動作中產生，更爲具體化、細緻化的過程。於是兩者也常被含混不清地使用。⑵悲劇「蘊含著由人來表演的一個動作，其必然地擁有性格和思想兩方面確實不同的性質；就因爲這些我們才能描述動作的本身，而這些——性格和思想——是動作產生的兩個自然的原因，而動作又決定了所有的成敗」。又補充說：「性格決定人的品格，但它是由他們的動作造成他們的幸福或相反。因此，不能把戲劇的動作視爲一種性格的再現；性格算來只能當作動作的輔助。……沒有動作就不能成爲悲劇，即令沒有性格也還可以。」（六、七十五）亞氏把思想排在悲劇六要素中的第三順位，並認爲它屬於修辭學的探討範圍，故於詩學中論述不多。主要集中第六和第十九章，且對動作與思想間的關係語焉不詳。或許可以這樣說，思想的陳述是通過動作來證實；所欲宣述的普遍眞理在動作中傳達。⑶措辭與歌曲皆是動作的表現媒介。希臘悲劇的措辭爲演員的表演部分，歌曲則由合唱團擔任。亞氏針對當代悲劇詩人的缺失，因而強調「合唱團也應該當作是演員之一，它應該是構成整體的一部分，參與動作」（十八、一五四）。⑷基於模擬的樣式，悲劇的動作蘊含著由人來表演，就必然使得場面成爲基本要素之一（六、七十五），而敘事詩的動作則不需要。固然，悲劇的力量即令脫離呈現和演員也可以感覺得到（六、七十七），但畢竟只代表悲劇的一重性格，一個面向。更何況亞氏也主張「在建構情節和想出適當言辭中，詩人應盡可能將其場景放在眼前」（十七、一四六）。也就是說在編劇的過程中，應設想考慮到的元素。所以，場面

（spectacle）指涉的範圍可能包括演出中所有的視覺元素，不只限於服裝、面具等最顯著的部分。[21]當然亞氏詩學也無需對此多所著墨，甚至提醒詩人，場面要靠技師來完成，藝術的成分不高。如果完全用場面來製造悲劇效果，得到的不是哀憐與恐懼而是怪誕。換言之，只有悲劇動作本身所涉及的場面才是必要的，屬於整個藝術的一部分。

第三，亞氏在論及詩人寫作時應注意事項中，其循序的步驟爲先草擬概括的大綱、再塡進插話、最後加強細節。曾舉伊菲貞妮亞爲例，其說明中有云：「後來，有一次她自己的兄弟偶然來到這裡。事實上，爲了某種理由神諭命令他去到那兒，但這是劇本概括的大綱之外。再者，他來的目的不屬於動作特定的範圍。」（十七、一四七）眾所周知，希臘悲劇絕大多取材神話傳說，詩人從中選擇其動作時，必然會捨棄一些不相關的事件，或者不合邏輯的部分。雖然摒除於劇本的範圍之外，但仍可視爲背景或外延。所以亞氏又說：「每部悲劇都包含糾結與解開兩個部分。事件從外部連接到動作，又常與動作有關的部分結合在一起，形成糾結；其餘則爲解開。」（十八、一五二）顯然詩人所建構的動作並非孤立的存在，它

---

[21] 拜氏（I. Bywater）此處譯為：「由於場面的形構是服裝設計者的事猶過於詩人」（...the getting-up of the spectacle is more a matter for the costumier than the poet）。而我以為場面係指整個演出的技術層面，比較認同布氏（S.H. Butcher）的譯文：「場面效果的製造依賴舞臺技師的藝術要比詩人來得多」（the production of spectacular effect depends more on the art of the stage machinist than on that of the poet）。

是在一個更大的範圍或網絡裡進行。不論是取自約定俗成的材料如神話、傳說、寓言或者出自詩人的虛構、經驗、事實，都沒有不同。

3. 情節：亞氏將它列爲悲劇六要素之首，第一等重要的事，好比是悲劇的靈魂。同時他也花了最大的篇幅來解說（七－十四、十六－十八）。首先，按照其定義，情節爲事件的安排或組織（六、七十五）。顯然，要把它跟現實人生中所發生的事件加以區隔：第一，舉凡藝術都是人爲的，有其特定的目的和意義。而現實人生中的事件往往是散漫、盲目、無組織的，故其意義就不明顯。甚至有時事件之間並無關聯或者沒有多大意義。第二，就技術面上說，是有選擇和重新建構秩序的過程。所以，在情緒效果上是一種持續的變化。第三，有可能發生在現實人生，但也有可能全然出自詩人的想像和虛構的事物或事件。也就是說其前提可以爲假，可以不合乎經驗法則或無法得到證實，如妖魔鬼怪之事。

情節需有一定長度，基於尺寸上的理由，戲較長者，比較美麗。但戲劇一次演出的長度不應超過觀眾生理上所能接受的程度，敘事詩也最好能一次看完容易記得住的長度爲宜（七、八十五）。再者，情節的統一，並不包括在主人翁的統一中。因爲一個人的一生有無窮多的事件，根本不是任何詩篇所能容納，而情節既是對動作的模擬，故情節的統一是建立在動作的基礎上。情節的發展應依照必然或概然律，反之，在插話或段落中，與接續的另一個沒有概然或必然的關聯，即是拼湊。它是最壞的。不論詩人基於什麼樣的原因，這樣的處理方式都會迫使自然的連續性中斷。

喜劇的情節建構於概然的線索上，悲劇依循因果關係時其效果會增強。如果是他們本身所發生的或出於意外，悲劇的驚奇也會隨之變大，當他們在一種設計的氣氛時甚至巧合，才是最具衝擊力的（九、九十六）。

至於情節的種類，亞氏將其分成單純與複雜兩類：當劇中人物的命運沒有發生情境的逆轉和發現者，稱之爲單純。反之，則是複雜情節（一〇、一〇〇）。按照概然或必然律的進行，動作轉向其相反方向的一種改變，稱爲情境的逆轉。發現正如字面所示，是從無知到知的一種改變，隨著詩人安排的幸與不幸的命運，在人物之間產生了愛或者恨（十一、一〇二）。由於時空的侷限性，亞氏所見到的希臘戲劇僅呈現出單純與複雜兩類情節。無法預知伊莉莎白時期和中國宋元南戲所風行的重疊情節（double plot），但也提及《奧德賽》中有情節的雙重線索，有一組各獲好與壞兩種相反的結局（十三、一一六）。並說明其樣態（十七、一四八），只是未將其列爲一類。再者，他認爲：「一部完美的悲劇應該安排成複雜的情節而不是單純。」（十三、一一四）也就是有藝術上的價值高低的分野。

又據技術層面而論，最好的發現形式是與情境的逆轉同時發生，正如《伊底帕斯》劇中的情形（十一、一〇二）。換言之，從事件本身所帶來的發現，最自然最好。其次是由推理而來的發現；第三爲記憶所喚起的發現方式；如果出自詩人任意發揮，則屬藝術上的欠缺；

最通俗的用法是由記號來發現，但不論是天生的或後天所造成的標記，甚或是某種外在的表徵如項鍊之類，在藝術上少有價值（十六、一三八）。此外，悲劇的情節除了可能有逆轉與發現兩個部分，還要有第三部分——受苦的場景。它是一種破壞和痛苦的動作，諸如舞臺上的死亡，身體之折磨，受傷及其他類似者（十一、一〇三）。當然，就悲劇的情緒效果而言，它的確是充足且必要的條件。

第十二章所論述之悲劇情節「量的劃分」——名爲序場、插話、退場詞、合唱歌；唯合唱部分又可分爲登場歌與插話間合唱。這些是所有劇本共同的部分，特別的是某些悲劇有舞臺演員的唱曲和哀悼歌。但希臘悲劇情節量的劃分方式是特殊的，與後世戲劇的風貌並不相同。㉒

如果是一位悲劇詩人要用什麼方式才會產生悲劇的特定效果？或者在建構情節時應該避免什麼？亞氏指出一個完美的悲劇，在情節的安排上應該是複雜而非單純。他雖未進一步說

㉒以演員與合唱團交錯表演來轉換時空；省略不必要表現的部分；或者不相干而且又破壞動作統一的事件；進而達到連續性很強的舞臺形式，也只延續到羅馬時代。中世紀以若干個景站（**mansions**）或多部戲車（**pageant wagons**）演出不同的時空所發生的事件或插話，串連成一部宗教劇。建立了完全不同於希臘的舞臺傳統形式。至於現代劇場以落幕或暗場等方式，去達成切換時空呈現所欲表演的段落，自是不同於希臘。

明或論證其原因和理由，但至少說過「在悲劇中最能引起情緒的興味元素就是情境的逆轉和發現的場景」（六、七十六）。再者，就情節與性格合併的考量方面：首先，命運的改變必定不是呈現一個善良的人從幸福轉到不幸的景象，因爲它激起的既不是哀憐也不是恐懼，它只是令人震驚。其次，不宜讓一個惡人從不幸轉到幸福，因爲它完全不合乎悲劇精神，不具悲劇的性質。第三，不應該是十足壞蛋之毀滅展示而已。雖能滿足一般人的道德感，卻不能引發哀憐與恐懼的情緒。是故，唯有一類介於兩個極端之間的品格，其人並無顯著地善良與公正，他的不幸也不是由於邪惡與墮落的行爲所造成，而是因爲犯了某種錯誤或過失。同時其人必定是一個享有盛名與榮華富貴者，命運的轉變不應從壞變好，而是相反，由好轉壞。最後，單一的結局勝雙重的結果（十三、一一五）。哀憐與恐懼可以由場面喚起；也可以從戲的內在結構產生，利用事件來達成。前者較少藝術性，後者才是好的方式，並象徵著一位優秀的詩人。

哀憐與恐懼的條件是什麼？亞氏認爲首先取決於角色或人物間的關係，悲劇的事件唯有發生在他們是親人或親密的人——例如：手足相殘、子弒其父、母害其子、或子弒其母、或任何其他這類關係人之作爲。再者，行爲人是自覺的做出對其親人的傷害或可怕的事蹟，如優里匹蒂斯之米迪亞殺死其子。其次爲動作者在無知的狀態下，犯了滔天的大罪，事後才發現其親屬關係或倫理的臍帶，如索福克里斯的伊底帕斯王爲典型的例證。第三，對於要採取行動的對象有所了解而隨後停止作爲。第四種情況是出於無知的某人要去做無可挽救的錯事，但在做之前發現了眞相。以上四種就是所有的情況了。因爲行爲必定是做了或沒做，是有意或無意做的。在上述的情況中，對於要採取行動的對象清楚知道，而後沒有行動是最壞的。它只能令人震驚卻沒有悲劇性，因爲沒有災禍隨之發生。再來要算明知故犯。更好的方式是在無知的情況下做的。最好的方式是優里匹蒂斯之伊菲貞妮亞及時認出了她的兄弟（十四、一二四）。

4. 性格：亞氏定義爲：「我們藉此可歸因於行動者的確實性質。」（六、七十五）因此，性格所決定人的品格，是由他們的動作造成他們的幸福或相反。同時又據「性格是揭露道德的目的，顯示一個人選取和避免的事物的種類。因此，臺詞並不做此顯示或者那一個說話者沒有選取或避免任何事物時，均非性格之表現」（六、七十六—七十七）。換言之，從劇中人物面臨抉擇時，做或不做？接受了什麼或拒絕了什麼？以及如何選擇？決定了一個人物的倫理品格，是善是惡。或者說作爲判斷一個人物好壞的基準。而臺詞亦是表現性格的一種方式，當然臺詞還有其他方面的功能。

其次，關於悲劇人物的性格方面，亞氏提出四個處理時應該遵循的目標：第一並且也最重要，必須是善良的。臺詞或動作所顯示的任何道德目的都將是性格的表現。如果目的是善良的，性格將是善良的。這個規則適用於每個階層。第二個要做到的目標是適當。第三，性格必定要眞如人生。第四，要保持一致性。即令在某一個人物的性格中呈現矛盾也要持續不變。尤其希臘悲劇的戲劇時間往往不超過一個太陽日，如果沒來由的改變，觀眾很難接受。

同時亞氏特別強調性格的描摹與情節的處理都一樣，要注意到合乎必然或概然的可能性。因此，其所設定性格的這個人物，在一個設定的方式中應該按照必然或概然的規律說話和做事（十五、一三一）。第三，悲劇與喜劇之區別，在其模擬的對象，悲劇人物超出一般的水準之上，喜劇則不如常人。其高低主要建立在倫理的基礎上，在品德方面是善或惡。

5. 思想：係指「在設定情境中恰當的和可能的說明能力。……另外一方面奠基在證明某些事物的存在或不存在或一般格言之宣述」（六、七十六—七十七）。而且如前所述，詩中的思想不能脫離動作來傳達，否則就落入其他領域。換言之，它依附動作者做什麼和說什麼而存在，亦即是情節與措辭。亞氏補充道：「思想項下包括每一種由臺詞所產生的效果，並可細分爲證明與反駁；感情的激發，諸如：哀憐、恐懼……；重要的暗示或者與其相反。」（十九、一六四）是故亞氏所謂之思想有其特定的意涵，與一般的常識上的認知有別，甚至也和今日許多討論一部戲劇或文學作品中的思想、意念、主旨所涉及的層面不盡相同。由於在亞氏的觀念中和知識的劃分上，這個主題屬於《修辭學》的領域，建議去閱讀，所以在其《詩學》中僅約略提及。幸好亞氏《修辭學》倒還完整地流傳下來，有興趣的人可進一步研究其內容。

6. 措辭（diction）：亞氏在第六章將它排定爲悲劇的第四個元素，所以按順序從十九章後半部接著思想單元講起至二十二章止，由簡單到複雜，展開系列有關措辭的討論。

首先，亞氏界定措辭是對語調模式的一種探究，但這種知識屬於演說的藝術，或者是其他類似的學科專精者，[23]所以，知不知道並不會讓詩人受到嚴厲的指責（十九、一六五）。接著亞氏分別界定了字母、音節、連接詞、名詞、動詞、詞形變化、詞組和句子的意義和基本性質。雖然現代人以爲粗淺，不及於詩藝的層次，但它也是詩篇組成的基石。

不過，關於詞組形成的途徑則有別於今日文法概念，他分成單一體和複合體兩種：前者只用它表達一件事物，例如：人的定義（the definition of man）爲「一種會用兩足行走的動物」；後者是把數個成分聯合爲一體，包含不同的題旨。比如《伊里亞德》（*Iliad*）指向阿加曼儂率領希臘聯軍攻打特洛伊，因阿基里斯不堪受辱而退出戰事，無人能敵赫克特，雙方僵持不下，眾神介入越發糾結，直到赫克特之死……種種複雜的事件和意象均屬之（二〇、一七二）。

其次，亞氏說明各種不同性質的名詞，諸如：通行／外邦；隱喻／裝飾；創新／變

㉓ 公元前四世紀的雅典雖已開始注意到表演的問題，且有些討論，但沒有成為表演術或表演學。除了演說術外，只有修辭學、詩韻學、詩論等文字的藝術的知識學門。

形；延長/縮短等。由於希臘境內有許多城邦和不同的種族，某種語言爲某個城邦日常生活所使用者，即是所謂通行的語文，但對另外一個城邦的人來說就是外邦的。換言之，同一個語詞可以立即成爲外邦或通行的，只因它跟此國民的關係不同罷了。

創新的字詞可能出自詩人自己獨創，在他之前不曾有人用過；變形詞是指一個字詞正規形式的一部分保留下來，另外一部分則重造。所謂延長的字是將其原來的母音換成比較長的，或插入一個音節；而縮短的字詞是指它原來的某部分被刪減。變動最主要的目的是爲了符合各種詩律的要求。

亞氏於二十一章幾乎用二分之一的篇幅，像數學一樣精確地分析隱喻（metaphor）的形成規則，並舉證歷歷，可見其重視的程度。而他所謂的隱喻是指由屬到種，或從種至屬，或是自種到種，轉移一個外來名稱的應用，或者是由類比而生，易言之，比擬（二十一、一七七）。同時亞氏認爲對於一位詩人最難的事要數駕馭隱喻的能力，偏偏這一項又不能由別人傳授，它是天才的標幟，因爲要創造好的隱喻必須能敏銳地掌握類似性（二十二、一八四）。關於裝飾詞的部分業已佚失，雖有些揣測和修補的說法並不可靠。

最後亞氏論及既然性質不同的名詞有不同的功能，所以適用的文體也自然有異。運用得當則相得益彰，否則緣木求魚。完美的文體應該是清晰又不俚俗。最清晰的文體是只用通行和適當的字詞，同時也是俚俗的。另一方面，專用外邦或罕見、隱喻、創新、延長種種不尋常的字，則其措辭固然是超凡脫俗卻也晦澀難明。不過，相對地在一般文體中，注入一定程度的外邦、罕用、隱喻、裝飾的字詞，都會使它新鮮而不俗套，但不能變得更清晰。至於延長、縮短、變形的辭彙，因其只是從平常的慣用語中逸出，而顯得有些特別，同時也有一部分仍與慣用法一致，所以不難理解（二十二、一八三）。

大致說來，複合字最適宜酒神頌，罕用字合乎英雄詩，隱喻適應短長格。其次，所有這些變化在英雄詩中都適用。短長格因係再現，盡可能做到有熟悉的臺詞，最適當的辭彙甚至奠基於散文中。舉凡通行、適當、隱喻、裝飾都包括在內。

亞里斯多德雖將歌曲（song）與場面（spectacle）列為悲劇的六要素，但它並非所有的詩共同具備者，如敘事詩即無此二元素，是故亞氏僅於相關議題中約略提到它們，而不設專章討論。

7. 敘事詩與批評：從二十三章至二十六章，都是以前面所分析論述的悲劇概念作基礎，持續探討敘事詩的本質。首先，確定敘事詩為一種敘述形式，使用單一格律之詩的模擬，其情節應建立在戲劇的原則上。要為其主題設計一個有開始、中間，與結束之完整的動作，並自此有機的統一體中產生獨特的快感。它不同於編年史，把所有發生在那一個時期裡的一個人，或許多人的事件編在一起，其間卻甚少關聯（二十三、一八八）。換言之，事件雖然同時發生，卻沒有導向任何一個結果。或者在事件的序列中，有時一件跟著另外一件，但沒有因果關聯，亦即是在邏輯上不相干。

其次，敘事詩與悲劇同樣可分成單純、複雜、倫理和受難等四類。又按敘事詩在其情節或情境的發展和變化中，也可以有逆轉、發現和受難的部分，所以，每一部敘事詩也可以兼具二重性格。如《奧德賽》是複雜的同時也是倫理性格。

敘事詩不像悲劇受限於演員能在舞臺上表演的動作，它有能力擴大其領域，把數條線索導向一個動作並同時進行敘述。進而有助富麗堂皇，迷醉讀者的心神，多變的插話破除了故事的單調。但也不是在長度上毫無限制，最好是從開始到結束能一次看完，相當於三部悲劇約五、六千行會比較令人滿意（二十四、一九六—一九七）。

至於格律，已由經驗證明英雄體比其他任何格律都合適，因其最莊嚴和最有力，也最容易接納罕用、外邦和隱喻，又模擬了特立獨行的敘述形式（二十四、一九七）。想要做個出色的敘事詩人就應該盡量少說他自己，正確地分辨出扮演的角色，引進各個人物，讓他們都有自己的性格才是。

固然悲劇中需要有驚奇的元素，而驚奇是以不合理爲其主要效果，在敘事詩中有更大的發揮機會，因爲畢竟看不到這個人的表演。不像劇場於眾目睽睽之下，任何一點不合理，些微的錯誤，都難以含糊過去。是故，詩人應排除情節中有任何不合理的成分，要不然，也盡量置於動作之外發生。第三，如果是兩害權其輕者，亞氏主張「詩人寧可選擇可能之不可能也不要用不可能之可能」（二十四、一九八）。換言之，前一種是指其前提可以是假設的、想像的、虛擬的，或在經驗上無從證明是眞是假的事物，雖然在現實生活中不可能發生，但在邏輯上它是可能的、合理的；而第二種情況則相反，它建立在現實人生的基礎上，偶然巧合，機緣運氣，意料之外的不幸事件，但不合乎概然或必然的因果關係。

二十五章的安排非常微妙有趣，一方面轉變到批評的辯證問題，另一方面所舉的例子都是荷馬的敘事詩，當然其原則也適用於悲劇。這不但延續前兩章所討論的課題，同時又可呼應二十六章比較敘事詩與悲劇孰優孰劣，並總結兩類詩的問題。亞氏認爲批評的難題及其解答，應從其本身所牽引的根源的性質和數量來討論。

首先是關於詩人本身的技藝上的事物，如果他所描述者爲不可能的，就犯了一種錯誤。不過，這也要他看所犯的錯誤究竟是本質或者是某種意外，就像不知道母鹿沒有角，比起畫得不像鹿，自然比較不嚴重。

其次，詩人所模擬的對象必定是下列三者之一：依照事物過去或現在的樣子；事物被說成或被想成的樣子；亦或者事物應該是什麼樣子。唯不管是哪一種情況，都有可能遭致批評，指其描寫的對象與事實不合，詩人可辯解爲依據事物應有的樣子來寫；雖然屬實但不好，或許可說畢竟是事實，甚至習慣如此；在現實生活中不可能發生，詩人可解釋爲根據傳說或共識描摹。

此外，在檢驗某人曾經說過什麼或做過什麼是對或者錯，我們不只是要看這個特殊的行爲或說法的本身，在道德的性質上是善或惡，而且還必須考量誰說或誰做的、對誰、什麼時侯、用了什麼手段或爲了什麼目的；總之，例如：會得到更大的善果，或者是防止更大的禍端（二十五、二〇八）。

第三，針對模擬的媒介物，亦即詩人的語言上的批評，諸如：⑴語言用法妥當與否的討論，尤其是罕用或外邦語。⑵暗喻。⑶重音或呼吸停頓。⑷標點符號。⑸語言的習慣所致。⑹當一個字似乎包含了某種意義上的矛盾不一，我們就應該考量在一個特殊的段落中可能會有多少意義（二十五、二〇八—二〇九）。其他像事情聽起來矛盾，應該用同樣的規則檢證作爲辯駁——它是否意指相同的事物、關係、意義，是詩人自己說的或者假託賢者所云。

最後，任何不合理的元素，像人物性格沒來由的墮落，沒有內在必然性的引介人物等，均應受到責難。總括起來，從批評的質疑引出根源有五個：不可能的、不合理的、道德上有害、矛盾對立、違反藝術的準確性。答案應在上述十二項下找（二十五、二一一）。

亞氏在二十六章的開頭就針對有人批評，悲劇模擬各種事物供各階層觀眾欣賞，不像敘事詩比較精緻，訴求素質比較高的觀聽眾。因此，悲劇不如敘事詩，是粗俗的藝術。亞氏反駁這種責難指涉的對象是表演藝術而非悲劇詩的本身，甚至只是惡劣的表演而已（二十六、二一九）。同時悲劇也像敘事詩一樣僅憑閱讀也能感人至深。更何況悲劇不但擁有敘事詩的所有元素，還多了音樂和場面兩個重要的輔助元素，而這些都能產生最鮮活的快感（二十六、二一九）。

此外，藝術是在較嚴格的限制內達成其目的，集中的效果要比延展造成沖淡產生更多的快感，如果把悲劇改成敘事詩，勢必減弱。敘事詩較少統一性，往往不只一個動作，可以改編成若干部悲劇，經過一番去蕪存菁之後，反而是結構嚴謹，具備高度統一的作品。既然悲劇在各方面都優於敘事詩，有其獨特的快感，可以完美地達到它自身的目的，故悲劇才是較高的藝術（二十六、二二〇）。

亞氏在結尾中清楚明白地表示一般論及悲劇與敘事詩的問題說得夠多了，甚至對批評家的質疑和解答也就講到此爲止。顯然有意再論其他類別的詩，但沒有留傳下來，對我們來說就成了無解的謎，永遠的遺憾！

目次*

* 原文無每章的標題，為方便瀏覽內容所加，特此說明。

第一章

1447a

內容提要①

模擬是詩、音樂、舞蹈、繪畫、雕刻等藝術共同的原則。這些藝術可依據模擬的媒介、對象和樣式來區分。模擬的媒介是節奏、語言和音調，由單一或混合的元素組成均可。

正文

我提出關於詩本身及其各種類別的論述，解釋每一種基本性質；探究要成爲一篇好詩的情節結構的必要條件；組織一首詩的成分的性質和數量；且對此領域其他部分也做相同方式的探討。接著按照自然的秩序，讓我們首先從原則問題開始。

---

① 本提要是根據布氏之亞里斯多德《詩學》內容的分析改寫而成，希望讓讀者對於《詩學》的大致內涵能夠一目瞭然。當然不入宮牆焉知廟堂之美，百官之富，也是不易之理。同時也採用布氏於每章中所標示的議題，如(2)、(3)、(4)、(5)……等，供閱讀參考。

⑵敘事詩和悲劇，喜劇與酒神頌，[②]大部分的豎笛樂和豎琴樂，[③]這一切其普遍的概念爲模擬的模式。⑶無論如何，他們在三方面不同——模擬的媒介、對象、樣式，每一種情況都有區別。

⑷他們可能自覺的製作，或僅出自習慣，藉由色彩和形狀，或用聲音爲媒介模擬和表現各種東西，以上所述之藝術，可視爲一個整體，模擬是用節奏、語言或音調，是單一或混合均可產生。

---

② 酒神頌（dithyramb）是以歌舞形式表達對戴奧尼索斯（Dionysus）的禮讚，同時也希冀藉此達到豐饒之目的。在公元前五世紀希臘所舉行之城市戴奧尼索斯祭典（City Dionysia）中，與悲劇、羊人劇（satyr）、喜劇都是競賽的項目之一。每個酒神頌參賽的隊伍為五十人，而且是成人和男孩各有十隊參與，其規模之盛大，可見一斑。

③ aulos勉強譯為豎笛（flute），它是一種帶有簧片的管樂器，聲音類似於今日之雙簧管（oboe）或單簧管（clarinet）。cithara為古希臘的弦樂之一，可能要比今日所用之豎琴（lyre）更為精緻些。兩種都是為公眾演奏的主要樂器，使用它需要高度熟練的技巧，可以是有樂無辭者（下文所指），更常用於伴奏歌唱者（此處之所指）。它們不只是表達情緒，而且能提示動作也具倫理價值，顯然擁有模擬的性格。一般說來，豎笛樂帶來強烈的情緒和振奮的力量，而豎琴樂則有安祥、肅穆和高貴感。在戲劇演出時，豎笛樂者甚或是其他司樂，包括豎琴、喇叭手等，要早於演員與合唱團之前進場。偶爾有演員要在自己的吟誦和歌唱時彈奏豎琴。Cf. J. Hutton, trans. *Aristotle Poetic's* (New York: W. W. Norton & Company, Inc.1982), p. 82。

1447b

因此，在音樂中的豎笛和豎琴，單獨運用音調與節奏；亦見於其他藝術，諸如牧笛④基本上與這些相類似。⑸在舞蹈中只用節奏而無音調，即令舞蹈爲模擬性格、情緒與動作，所謂節奏的運動也一樣。

⑹另有一種藝術單獨運用語言來模擬，爲散文或韻文——在韻文中，有混合兩種不同的格律，但也有只包含一種——至今卻沒有一個名稱。⑤⑺因爲沒有一個共同的名稱，一

④ 牧笛（shepherd's pipe）：柏拉圖《理想國》中有「……城裡就剩下使用豎琴和七弦琴，鄉下的牧人不妨用牧笛了……」（侯健譯，臺北：聯經，民六十九，頁一三一），如其從上下文句看來，既然他反對製造複雜能演奏多重曲調的樂器，那麼，留下的牧笛就有可能不用簧片，為一種相當質樸吹奏簡單旋律的笛子。

⑤ 語言最具文化特色，同時也最有隔閡，甚至常常是一條難以跨越的鴻溝。而詩是對生活語言的再度規範系統，由於各種語言不同，故其詩的格律有別，想要轉換成另一種語言幾乎是不可能的任務，甚至要說給不同文化中的人了解都很困難。就像希臘詩的格律或體例，是按照行數、音節或音步數、音節的長短（長與短的比例恰為加倍）位置、數目、入樂或不入樂來區分。它不押韻，有類於英詩中的無韻詩（blank verse），只是抑揚格（iambic）五音步的無韻詩，講究音節之輕重而非長短。至於有韻詩又分頭、間、尾不同的押韻方式。而中文是一字一音，詩律所規範的為字數、句數、平仄、對仗、押韻合轍。顯然不類，差異甚大。唯入不入樂一節的發展，頗為相似。職是之故，翻譯過後的具體詩例，全然不同原作，與其削足適履的解說，徒增誤解和混淆，就不邯鄲學步了吧。

方面我們應用到索福朗和冉那科斯的仿劇與蘇格拉底的《對話錄》⑥；然而，在另一方面也用於三音步短長格、輓歌體或類似格律的模擬。⑦事實上，人們是在製作者或詩人前面加上格律的名稱，稱爲輓歌詩人、敘事詩（亦即是六音步）詩人，好像不是由模擬造就了詩人，而是因爲韻文這個名稱把他們毫無區別地歸在一起。⑻甚至當醫學或自然科學的論述用韻文寫成，在習慣上對其作者也給予詩人的名銜；然而就像荷馬⑧和恩培多克勒⑨除了格律之

---

⑥ 索福朗（**Sophron**）和其子冉那科斯（**Xenarchus**）為公元前五世紀希臘之蘇拉庫賽人（**Syracusans**），他們都寫仿劇（**mime**），以簡短的散文表現生活中精彩的片斷。同時仿劇可能開啓散文對話體的寫作之路。柏拉圖（**Plato**，公元前四二七—三四七年）假其師蘇格拉底（**Socrates**，公元前四六九—三九九年）之名與他人進行哲學上的思維辯證，為此對話體建立了至善的典範。唯兩者的內容、目的、所引起的情緒反應全不相同。

⑦ 在詩的模擬中，詩行所呈現的音步數目、長短變化不同，因而分別名為三音步（**trimesters**）短長格、六音步（**hexameters**）長短短格等體例。

⑧ 荷馬（**Homer**）：亞里斯多德在《詩學》中對其推崇備至，視其《伊里亞德》（*Iliad*）和《奧德賽》（*Odyssey*）為敘事詩（**epic**）之典範。按亞氏《殘篇》（*fragments* 72）普魯塔克對荷馬的生平記載相當離奇有趣，說他的母親是伊奧斯島的一個女孩，因繆思女神的伴舞精靈使她受孕。當皮里泰斯襲擊該島時，將她俘虜帶到斯穆爾那，並獻給呂底王邁翁。王果然娶其為妻，於河邊生下荷馬，但分娩後不久即去世。王視如己出，唯邁翁也於荷馬幼年時撒手人寰。在呂底亞人受埃奧利人欺凌，眾人決定離開斯穆爾那時，他們的領袖號召追隨者，未成年的他表示願意歸順（**homerein**），由此他被稱為歸順者荷馬（**Homeros**），而不叫原來的名字麥勒西根尼（**Melesigneees**）。長大成人因詩作而享大名，荷馬求神告

外，別無共同之處。所以，正確地稱呼一位爲詩人，另一位是物理學家要比詩人來得恰當。⑼同理，甚至如果一位作家在他的詩模擬中混合了所有的格律，正如凱瑞蒙在他的《馬人》中，⑩混合了各種格律之篇章，我們就應該把他歸入詩人通稱之列。

知其出身，神諭有云：「伊奧斯島是你的父母島，也是葬身之地，謎語要警惕。」後來他到該島因猜不到漁人捉虱子的謎語：「我們捉到的扔外面，把捉不到的帶在身上。」荷馬總是解不開，羞愧而死。而其鄉親伊奧斯人於墓碑上給予高度的禮讚「在這裡的地下掩蓋了一顆屬於神的頭腦、諸英雄的榮耀、神聖的荷馬」。參見《亞里士多德全集》，苗力田主編，第十卷，北京：中國人民，一九九七，頁一〇三。

⑨恩培多克勒（**Empedocles**，約公元前四九三—四三三年）：為西西里（Sicily）的阿克萊格斯（Acragas）人，是物理學家或自然哲學家。他主張萬物的根本為水、土、火、氣四個基本元素，係多元論者，並認為變化是循環的過程。亞氏在其《殘篇．論詩人》（*On Poet*）中有稱許他善用比喻的技巧，是語言大師，荷馬派。還說他也寫過詩篇卻被燒掉。然而亞氏於《修辭學》中在論及應當避免模稜兩可的用語時，又指出：「……這種人用詩的形式來說這些話，恩培多克勒就是例子，他用冗長迂迴的話來糊弄聽眾，而他的聽眾的感受就跟大多數聽預言的感受一樣。」（*Rhetoric* 3, 1407）究竟亞氏對其評價是褒？是貶？倒不易確定。似乎前者是就整體而言，後者是針對個別問題立論。此處是因恩培多克勒在其《論自然》（*On Nature*）和《淨化》（*Purifications*）都以六音步體詩寫成，與荷馬之敘事詩所用的文體相同，但前者內容係屬科學哲學範圍，且非模擬者，冠以詩人之名，並不恰當，甚至誤解混淆了詩的本質。

⑩凱瑞蒙（**Chaeremon**）為亞氏同時代的作家，據《修辭學》所載：「……專寫給人閱讀的文章的詩人也同樣受人歡迎，例如：凱瑞蒙，他的用語就像演說辭的作者那樣精確。」（1413b）將本文和《詩學》二十四章：「更荒謬的是將其混合了不同的格律於一爐，如凱瑞蒙之所作。」合起來推斷，其作品《馬人》（*Centaur*）應是敘事詩而非一部演出的戲。

(10)此外，某些藝術運用了上述所有的媒介——節奏、音調和格律。諸如酒神頌與日神頌，[11]以及悲劇和喜劇；而他們之間的區別就在於前面兩個全部混合運用了這些媒介，後面兩個則是先用一種媒介，接著又用另外一種，分別更迭使用。

凡此，即是藝術在模擬媒介物方面之不同。

---

⑪日神頌（Nomic poetry）根源於阿波羅的禮讚。如從泰蒙修師（Timotheus）現存之日神頌——《波斯人》（*Persians*）的大部分殘篇看來，幾乎跟酒神頌沒有多大差別。

第二章

內容提要

模擬的對象。在所有模擬的藝術中呈現的對象比一般人爲高或低之類型。此即是悲劇和敘事詩與諷刺詩和喜劇之區隔。

1448a

正文

既然模擬的對象爲動作中的人，這些人必定是較高或較低的類型（主要是以倫理品格來回應這些劃分，好與壞存有道德上不同之區隔標誌），再現的人物必定比現實人生來得好或者壞或者與其相若。在繪畫中也相同，波里岡托斯所畫的人比本人要高貴，包森則不如其高貴，戴奧尼夏①所描繪的他們恰如現實人生。

(2)現在很清楚，每一種模擬的模式所展現的差異已如上述，並成爲模擬對象中的不同

---

① 波里岡托斯（Polygnotus）、包森（Pauson）和戴奧尼夏（Dionysius）三位都是公元前五世紀的畫家。波里岡托斯是希臘最偉大的畫家之一，其他兩位則湮沒於歷史的長河中。而亞氏於其政治學裡從另一個角度切入「所有視覺形象與性情的連繫都不明顯，因而不宜讓青年人觀看包森的作品，而要讓他們看波里岡托斯或其他畫家和雕刻家表達道德情操的作品」（1340a36）。

種類從而有異。⑶如此這般變化甚至可以在舞蹈、豎笛樂，和豎琴樂中發現相同的情形。復按語言中，不用音樂伴奏的韻文或散文。例如：荷馬創造的人物比本人要好；克魯峰②表現相若；戲和體的發明人，塔索斯島的漢革蒙③和戴立德的作者尼寇克雷斯，④表現的比他們壞。⑷同樣的事物，酒神和日神頌把握好的面向；正如泰蒙修師與菲勞克冉那斯，他們所呈現的獨眼巨人有別，⑤於此可見不同類型的描寫。悲劇與喜劇有同樣的區隔標誌，因爲喜劇企圖表現的人比較壞，而悲劇要比現實人生來得好。

② 克魯峰（**Cleophon**）：亞氏於《詩學》第二十章將其文體歸為清晰但俚俗類的代表；並於《修辭學》中指出他用辭不當荒謬的例子「威嚴的無花果樹」（**August fig-tree**）（1408a15）；其他就一無所知了。

③ 漢革蒙（**Hegemon**）是公元前五世紀後半期，愛琴海北部塔索斯（Thasos）島人，他創造了嘲擬嚴肅敘事詩的戲和體（**parody**）。

④ 尼寇克雷斯（**Nicochares**）可能是公元前五世紀後期的喜劇詩人。劇名《戴立德》（*Deiliad*）有類於怯懦之意。

⑤ 麥勒特斯的泰蒙修師（Timotheus of Miletus，約公元前四五〇—三六〇年）：一位著名的音樂革新者，與賽拉的菲勞克冉那斯（Philoxenus of Cythera）都是日神和酒神頌的作曲家。泰蒙修師可能把《獨眼巨人》波里費穆司（Cyclops Polyphemus）表現的比較高貴，超越一般常人。但菲勞克冉那斯則被認為是藉《獨眼巨人》暗諷當時的僭主（tyrant），比常人來得壞（J. Hutton, p.84）。又按現存唯一完整的撒特劇（satyr play），為優里匹蒂斯的《獨眼巨人》（Euripides' *Cyclops*），即表演波里費穆司把奧德修斯和他的夥伴關在石洞裡，後來奧德修斯以利杵刺瞎他的獨眼而逃走。多少有些怪誕（grotesque），即令可笑也帶著點恐怖。同時它可能脫胎於荷馬的敘事詩《奧德賽》（*Odyssey*）。

第二章

內容提要

模擬的樣式。詩可以採取敘述的形式：如敘事詩和抒情詩；或者是戲劇的形式：如悲劇、喜劇和羊人劇。並依據其名稱的字源追溯它的起源和發祥地。

正文

這兒還有第三種區別——這些對象中的每一種模擬樣式不同。因爲模擬媒介和對象雖然相同，但詩人用敘述來模擬——他可以假託一個人來敘述，如荷馬所採取的方式，或者用他自己的口吻訴說，而且保持不變——或者他也可以呈現所有人物在我們前面活起來動起來。

(2)那麼，這些正如我們開頭說的，藝術的模擬有三種不同的差別——媒介、對象與樣式。所以，從一個觀點看，索福克里斯①與荷馬是同一類的模擬者——因爲他們模擬較高的

---

① 索福克里斯（Sophocles，公元前四九六—四〇六年）：來自一個富裕的家庭，受過良好的教育。他經歷了雅典的盛世，因其少年英俊得以參加慶祝薩拉米斯勝利儀式（公元前四八〇年），分享了城邦邁向帝國的光榮和富強的道路，即令晚年已見到雅典的腐敗，但畢竟向斯巴達俯首稱臣是在他死後的兩年才發生。他一再被推選為將軍，當過大使，甚或是執政（probouloi）之一。此外，他也曾擔任宗教的祭司，

性格類型；但自另外一個觀點看則與亞里斯多芬尼斯②同類——因爲兩人模擬的人物是要表

地位崇高。同時他善於社交與當世名人多所往還，如政治家伯里克力斯（Pericles），歷史學家希羅多德（Herodotus），與蘇格拉底成為忘年之交，在得知優里匹蒂斯的死訊後，率其合唱團在proagon散髮著喪服以示哀悼。

於公元前四六八年首次參加戲劇競賽，就擊敗前輩悲劇詩人埃斯庫羅斯（Aeschylus，公元前五二五—四五六年）。他一生得過二十四次獎，十八次首獎，按規定每次都要提出三部悲劇，一部撒特劇參賽，因此至少寫過九十六部戲。據傳他可能寫過一百二十幾部戲，只可惜僅存七部悲劇分別是：《艾傑克斯》（*Ajax*，約公元前四五〇年），《安蒂岡妮》（*Antigone*，約公元前四四二年），《伊底帕斯王》（*Oedipus Rex*，約公元前四二五年），《伊萊克特拉》（*Electra*，約公元前四一八—四一〇年），《楚拉欽妮》（*Trachiniae*，約公元前四一三年），《菲勞泰特斯》（*Philoctetes*，約公元前四〇九年），《在克隆納斯的伊底帕斯》（*Oedipus at Colonus*，約公元前四〇六年）等，以及殘存的大半部羊人劇《追兵》（*Trackers*）。亞氏在《詩學》中最為推崇他，常舉其悲劇為範例。他對悲劇的發展和演出也有重大的貢獻，引介了第三個演員使戲劇性增強不少；將合唱團由十二人變成十五人維持了一段相當長的時間；率先使用了繪畫景（scene painting）。他也曾演過自己的戲，為合唱團編寫曲子，設計舞蹈和排戲，真可謂之多才多藝。喜劇詩人菲瑞尼科斯（Phrynichus）以羨慕的口吻寫下其肖像「神賜給索福克里斯，快樂又長壽，顯達，且富才幹；幸運的寫出這麼多美麗的悲劇，甚至終其一生都沒有愁苦和不幸」（See J. Gassner, *Masters of the Drama*, p. 40）。

② 亞里斯多芬尼斯（Aristophanes，約公元前四四八—三八〇年）：其父菲力柏斯（Philippus）相當富有，因他眼見雅典由盛而衰，所以在思想與態度上傾向保守和懷舊。從他第一部知名作品*Banquetetrs*（公元前四二七年），就諷刺最新流行的教育方法。而後的喜劇也都是對當代社會的政治、法律、軍事、教育、文藝等各方面提出尖銳的批評和嘲諷。甚至觸怒了最有權勢的政治領袖人物克里昂（Cleon），巧妙地操弄群眾指控他「毀謗國家」（slandering the state），雖然最後控訴的罪名沒有成立，卻也導致兩人之間存有

演出來和做出來。⑶是故，有人說，戲劇之名是來自再現動作之類的詩。基於同樣的理由，多里斯人③宣稱他們發明了悲劇和喜劇。主張喜劇是由麥加拉人向前推進的——不只是由這些希臘人所獨創，他們斷言在其民主制度下才能促成，④但是西西里的麥加拉人也有參與，因爲詩人愛匹嘉瑪斯⑤就屬於那個地區，而他又遠早於奇奧尼得斯⑥和麥格耐斯。⑦悲劇也

宿怨心結。亞里斯多芬尼斯可能寫了四十多個喜劇，現存為十一部作品：《阿卡奈人》（*Acharnians*，公元前四二五年），《騎兵》（*Knights*，公元前四二四年），《雲》（*Clouds*，公元前四二三年），《黃蜂》（*Wasps*，公元前四二二年），《和平》（*Peace*，公元前四二一年），《鳥》（*Birds*，公元前四一四年），《麗斯翠塔》（*Lysistrata*，公元前四一一年），《渡節的婦人》（*Celebrating Ladies*，公元前四一一年），《蛙》（*Frogs*，公元前四〇五年），《議會中的婦女》（*The Parliament of Women*，公元前三九二年），《財神》（*Plutus*，公元前三八八年）。也是留傳至今全部的希臘舊喜劇（Old Comedy）和中喜劇（Middle Comedy）。

③ 多里斯（Dorians）約於公元前十一到十世紀進入希臘半島，定居在伯羅奔尼撒、麥加拉、科林斯一帶，乃是希臘的重要族類之一。

④ 據說公元前五八〇年罷黜了僭主賽格耐斯（Theagenes），開始推行民主制度。成為比較自由的社會，容許批判和諷刺的尺度較寬，自然有利於喜劇的發展。

⑤ 亞氏把喜劇發展的決定性的一步與愛匹嘉瑪斯（Epicharmus）相連接，而他是殖民於西西里的多里斯人，居住在蘇拉庫賽（Syracuse）。對於愛匹嘉瑪斯我們除了確定他於公元前四八五－四六七年間寫過不少戲之外，其他幾乎空白。根據現存他的作品殘片看來有下列一些特徵：某些場景用了多達三個說話的人物，但沒有用一個合唱團的證據；精心設計的文字遊戲、模擬嘲諷、順口溜，充滿了笑劇的情境。這些劇本與雅典所演出的喜劇究竟有什麼樣的關係，今天並不清楚，但他卻是喜劇在城市的戴奧尼索斯祭典（City Dionysia）之前，唯一知名的劇作家（Oscar Brockett, *The History of Theater*, p. 20）。

1448b

傳成由伯羅奔尼撒⑧的某某多里斯人所創。唯於每一個情況中，他們都訴諸語言上的證據。偏僻的鄉村，他們稱之爲komai，即雅典所謂之demi：並且他們推斷喜劇演員（comedian）一詞非出自狂歡（revel）之意，而是因爲他們不見容於當代的都市，被迫從一村流浪到下一村做演出。他們的主張也再加上「戲劇」（drama）根源於多里斯語「dran」是「doing」的意思，而雅典人對此概念的用語爲「prattein」。

現已充分討論了模擬的各種模式的性質和數量，暫時告一段落。

---

⑥奇奧尼得斯（Chionides）：據說他是公元前四八七年城市戴奧尼索斯祭典第一次接受喜劇參賽時，獲獎的喜劇詩人，可惜其作品均已失傳。

⑦麥克耐斯（Magnes）：在公元前四七二年他第一次得獎後，成為雅典非常活躍的舊喜劇作家，後有十次獲獎紀錄。

⑧參見註③，多里斯人定居地區。

第四章

內容提要

詩的起源和發展。詩的產生出自兩個原因，一個是模擬的本能，另一個是音調與節奏。從歷史的角度觀察，詩很早以來就分成兩個方向發展：這兩個傾向都可追溯到荷馬的詩篇中；悲劇與喜劇即是延續這個發展的形式所呈現出來的分歧與區隔。在悲劇的歷史中這些演進的步驟歷歷可數。

正文

一般說來，詩出自兩個因素，每一個都深植於我們的天性。⑵首先，模擬的本能從兒童時期就開始培植，人與其他動物不同之一，就在於人是世上最善模擬之生物，其最初的教誨就是透過模擬學到的；並且在事物的模擬中感到快樂是很普遍的現象。①⑶我們可以在經驗的事實中得到證明。雖然那一個對象物本身讓我們看起來不舒服，但是當它被詳細忠實

① 關於產生詩的兩個因素：在拜氏（Ingram Bywater）的譯本中，強調模擬的本能與模擬中獲得快感的本能；而布氏（S. H. Butcher）譯為模擬和節奏兩種人類本能或天性產生了詩。我深切以為都沒有錯，並陳於拙譯中，使其稍為含糊而不矛盾。

地再現時，對其靜觀則又可喜：諸如最噁心的動物和屍體之類。⑷再者，箇中原因也是由於學習，賦予最生動的快感，不只是對哲學家，即令對一般人，不論其學習能力多麼有限都相同。⑸爲什麼人們看到神似而喜悅其理就在對它的靜觀中，他們發現其自身的學習和推論，並且或許會說「哈！那是他」。但是如果你偶然碰到不曾見過的新奇事物，快感就不歸於模擬，而是對其技巧、色彩或者其他諸如此類的原因。

既然，模擬是我們天性的本能之一。⑹再來，音調和節奏也是人類的本能，而格律顯然爲節奏的部分。從而人們基於他們的特殊才能，開始漸次發展這種自然的天賦，直到他們無法抗拒即興創作了詩。

⑺依照作者的個人的特質，詩分成兩個方向。心性較嚴肅者模擬高貴的動作，和好人的動作，正如他們做了對神的歌頌和對名人的讚美。比較瑣屑的一類人則模擬卑微人物的動作，最初完成諷刺詩。② ⑻事實上，諷刺類的詩篇不能推斷有早於荷馬的作者，雖然或許

---

②諷刺詩：亞氏依照詩人性格類型上的差別，說明詩分成兩個發展方向，一類是較嚴肅莊重者模擬高貴的動作，善良的人物，表現對神或人的頌歌，產生敘事詩，再發展出悲劇；另外比較瑣屑的一類則模擬卑微人物的動作，表現對個人漫罵批評，產生諷刺詩，再發展到喜劇。至於一位詩人是否能夠兼善悲劇和喜劇兩類，似與此說矛盾，亞氏也未論及。倒是柏拉圖對話錄《會飲篇》最後提到這個公案，卻又巧妙將其置於懸而未決的狀態。不過，歷史的長河也給了答案，如莎士比亞之流則能兼善。

1449a

有不少這類作家（但無史料可證）。即令從荷馬向上溯，例子也只能引自他的《馬爾吉特斯》，③以及其他類似的篇章。適當的格律於此也引進了，這種體例仍稱爲短長格或嘲諷體例，依存於人們相互之嘲諷。⑼從而，較早詩人區分爲英雄詩或嘲諷詩的作者。

正如，在嚴肅的風格中，荷馬是最傑出的詩人，因爲唯獨他把戲劇的形式結合了卓越模擬，而他也是第一個設計喜劇的主線，並用戲劇化的滑稽取代了個人的諷刺的寫作。他的《馬爾吉特斯》孕育了喜劇，和其《伊里亞德》和《奧德賽》④對悲劇的關係相同。⑽但是當悲劇和喜劇發揚光大時，這兩類詩人還是依循其天性發展；嘲諷者成爲喜劇的作家，敘事

③《馬爾吉特斯》（*Margites*）：依據現代研判的結果，認為非但不是荷馬所寫，甚至是公元前六世紀的作品。以嘲擬一個糊塗的主角的敘事詩，「他知道很多事，但知道的跟真相差很多」。按殘存的詩行看來為短長格（**iambic**）與六音步（**hexameter**）體詩的混合。如其呈現言之，並非真正的諷刺詩，但接近一般喜劇的滑稽趣味。

④關於荷馬其人已不可考，故兩部偉大的敘事詩是否為他所作，自然也無法斷言。一般都同意《伊里亞德》要早於《奧德賽》，甚至相隔了一段時間。究竟是公元前九世紀還是八世紀的詩篇也不能肯定，但這些都絲毫無損其經典名著的價值與地位。特洛伊的戰爭打了十年，事件繁雜，人物眾多。而《伊里亞德》選擇從阿基里斯（**Achilles**）與阿加曼儂（**Agamemnon**）之爭執開始，到阿基里斯殺了赫克特，特洛伊人贖回其屍體舉行葬禮而結束。分成二十四卷，共一五六九三行。《奧德賽》稍短，也分二十四卷，共計一二一〇五行。其故事梗概見於《詩學》第十七章，在此不贅。亞氏於《詩學》中不斷提及，作為敘事詩的典範，論述的依據。

詩的詩人則由悲劇家繼承，戲劇從此成爲更大更高的藝術形式。

⑾悲劇是否已達到作爲一個獨特的類型地步，究竟是以其自身來判斷，或者是從它跟觀眾的關係來衡量，這是另外一個問題。⑿但可以說悲劇——喜劇亦然——最初僅是即興創作。一個根源於酒神頌的作者，⑤另一個來自陽物歌，⑥至今還在我們好多個城市中使用。悲劇緩慢進展而來，每一個新的元素顯示其自身轉變發展的方向。在經過許多次轉變，建立了它的自然形式，然後就此打住。

⒀埃斯庫羅斯⑦是第一個引進第二個演員的作家；他降低了合唱團的重要性，且使得對

---

⑤或許最初的酒神頌包括一個由歌隊隊長演唱的即興故事，以及歌隊所合唱的傳統的重疊句。據傳後來是由亞利安（**Arion**，約公元前六二五—五八五年）把它轉變成文本的，也是第一位把酒神頌英雄的題材和名號寫清楚的作者。進而因為亞利安就住在希臘多里人主要聚集的城市——科林斯（**Cornith**），從而主張悲劇是多里斯人發明的，就有跡可循了。

⑥因為陽物歌（**phallic song**）於亞氏所生存的時代，尚在許多城市舉行，就無必要對其聽講者多做描述。但是如何演變成喜劇則未說明，或已佚失。然以陽物來象徵生命力的引進與豐饒的祈求，是各地區每個種族普遍的願望。往往由一個合唱團和鄉野民眾組成一支遊行的隊伍，他們用桿子高舉著巨大陽物，載歌戴舞笑語喧嘩不已。在新酒釀成滿懷亢奮之餘，轉化成諷刺的俏皮話，滑稽的嘲笑，甚或引發對其批評漫罵。若其合唱團的隊長來段即興創作與團員或旁觀者相互應和，就向喜劇踏近了一步。

⑦埃斯庫羅斯（**Aeschylus**，公元前五二三—四五六年）：為雅典的貴族優佛倫（**Euphorion**）之子，他的童年部分在伊留西斯（**Eleusis**）度過。於公元前四九〇年參與馬拉松（**Marathon**）戰役，充當一名步兵打敗

話成為主導部分。索福克里斯提升了演員的人數為三人，增添了景繪。(14)此外，距今不久之前，因為要涵蓋較大的範圍，放棄了簡短的情節，為了悲劇莊嚴的樣式，不用早期羊人劇⑧

波斯的入侵。公元前四八〇年波斯人捲土重來，埃斯庫羅斯服務於艦隊，獲得光榮的勝利，即史上著名的薩拉米斯（**Salamis**）戰役。而他也依據親身體驗寫成想像的《波斯人》（*Persians*，公元前四七二年）一劇，更難得的是他以悲憫的情懷表現其敵人。從公元前四九九年起參加城市的戴奧尼索斯祭典之戲劇競賽，四八四年得到肯定獲第一獎。大約有八十部知名劇作，只有七部留傳至今。分別為：《波斯人》（*Persians*，公元前四七二年），《七將攻打底比斯》（*Seven Against Thebes*，公元前四六七年），三聯劇《奧瑞斯蒂亞》（*Oresteia*，公元前四五八年）：《阿加曼儂》（*Agamemnon*），《奠祭者》（*Libation Bearers*），《復仇女神》（*Eumenides*），而《求援者》（*The Suppliants*）和《被縛的普羅米修斯》（*Prometheus Bound*）兩部戲確實的著作年代不清楚，但有可能在四六八年之後。正如亞氏所云，他引進第二個演員，有了面對面的機會，使得戲劇性增強，相對的減低了合唱團的分量與功能。其次，他的三聯劇是現存唯一的典範，合起來表達一個完整的悲劇理念。至於他的所有悲劇是否都用三聯劇來呈現，就不得而知。

第三，雖然說埃斯庫羅斯的劇作基本上偏向哲學和宗教，但他也非常注重劇場效果，諸如：為了符合劇本的場面要求，安排第二個合唱團，由隨從護衛等非正式的演員所組成；讓馬拉著戰車登場；巨大的神話人物形象等等。同時他也精心設計過華麗的服裝、特殊合唱團的舞蹈，善用視覺象徵。

⑧ 羊人劇：或音譯為撒特劇（**satyr play**），其名出自戴奧尼索斯是由**Silenus**撫養長大，其子即此半人半獸者：**satyr**。而他們為戴神之玩伴，倘佯於山野林地間喝酒尋歡作樂，後演化成劇種名稱。某些歷史學家主張它是最早的劇種，甚至推斷悲劇和喜劇均自其蛻變而生。而今最可信者是公元前五三四年左右已有之，同時參加城市之戴奧尼索斯祭典之競賽的戲劇家，需提出三部悲劇和一部羊人劇。而每次又都選出有三位參賽者，單是公元前五世紀就不下百部，只可惜現存一部完整者（參見第一章註⑤）。有時與悲劇在主題

形式的怪誕語法。然後是短長格取代了長短格四音步，它根源於悲劇詩還用羊人劇的體例時，且與舞蹈的關係比較密切。一旦對話進來後，自然本身會發現適當的體例。由於短長格在所有的體例中最接近口語：事實上，談話的語詞進入短長格遠比其他任何韻文體來得多；很少變成六音步，唯有在脫離日常生活語調才用。[15]還有插話或段數增加了，其他附屬裝飾品的傳統說法，就當作已經描述過了；因爲再要討論其細節，無疑地，將是一樁很大的負擔。

上有些關聯，但大部分是獨立的。基本上它是一種神話的嘲擬處理，在鄉野的背景中呈現一個喧嘩胡鬧的行徑，包括充滿精力的跳躍、調笑、猥褻的做表情。在情節的量上劃分有類於悲劇（見本書十二章），詩的體例為長短格四音步。由於演出放在三部悲劇之後，顯然希望收到情緒上的調解作用，或稱為喜劇的傾洩（**comic relief**）作用。羊人的扮相是戴面具，身披羊皮，前掛陽物後面有馬尾，身體其他部分裝扮成赤裸感的造形。

第五章

內容提要

可笑的定義，和喜劇興起的概略描述。並點出敘事詩與悲劇之異同（本章僅為殘片）。

正文

1449b

正如我們先前說過的，喜劇是對一個較低的類型人物的一種模擬——但無論如何，不全然是壞的意思，可笑的對象僅只是醜的細分的一類。它包含有某種缺點或者是那種沒有痛苦和破壞性的醜。舉一個明顯的例子，喜劇的面具是醜和扭曲，但不蘊含著痛苦。

⑵悲劇經過了延續的轉變，帶來這些轉變的作者都很著名，然而，喜劇沒有歷史，因為最初沒有嚴肅地對待它。不久之前，執政官才分配一位詩人有一個喜劇的合唱團；表演者仍為自願的。當喜劇詩人都特別出名、大家都耳熟能詳時，喜劇就算取得了明確的形態。⑶誰提供面具或序場或者增加了演員人數——這些和其他類似的細節依然成謎。至於情節最初來

自西西里；但是雅典的作者克萊特斯①是第一個放棄短長格或嘲諷形式，並推廣其主題與情節的人。

(4)據此而論，敘事詩與悲劇一致，對一個崇高的類型人物的一種模擬。他們之不同，在敘事詩中允許只用一種詩體，並且是敘述形式。再者，他們不同在其長度：因爲悲劇試圖盡可能限定於一個太陽日裡完成，容或稍微超過這個限制；反之，敘事詩的動作沒有時間的限制。雖然最初在悲劇裡也像敘事詩一樣容許這種自由，這是不同的第二點。

(5)其所建構的成分某些是兩者共同的，某些僅屬悲劇獨有；從而，誰能知道什麼是好的或壞的悲劇，也就能知道有關敘事詩的好壞。一部敘事詩所有的元素在悲劇都找得到，但是一部悲劇的元素不全能在敘述事詩中找到。

---

① 克萊特斯（Crates）：活躍於公元前四五〇—四三〇年間的雅典喜劇家。亞里斯多芬在他的《騎兵》（*Knights*，五三四—五四〇行）中有所謂前輩詩人一旦上了年紀，就被觀眾拋棄了。其中包括：「克萊特斯受過你們多少氣、挨過多少罵。自然啊，他就用他那張大嘴吐出一些漂亮的意見，給你們一點點不值錢的早點，就把你們送走；然而，他就堅持到底，跌下去又爬起來。」引自《羅念生全集》第四卷，頁一一六—一一七，上海：人民，二〇〇四。

第十八章

內容提要

悲劇的定義。在悲劇的六個要素中：歌曲與措辭兩個爲模擬的媒介；場面與設備屬於樣式；情節、人物和思想是模擬的對象。其中以情節爲首要，性格居次，再來才屬思想。

正文

關於六音步體詩之模擬，和喜劇留到後面再說。①讓我們現在討論悲劇，如先前說過的結果，②接下來爲其正式的定義。

① 由於六音步體詩即敘事詩，確實在第二十三至二十五章中討論過，但喜劇從未如其許諾詳加論述。因此，成為詩學應有續篇或第二冊之最有力的證據。

② 這句話再度說明了詩學的研究方法主要是靠演繹，由前面所陳述的命題持續推論出的悲劇定義，而不是從許多個別偉大的悲劇作品中歸納而來。其次，所謂「先前說過的結果」是就一般的情況或普遍的概念上立論，首先確定模擬為詩、音樂、舞蹈、繪畫之共同原理。接著再說模擬的媒介、對象和樣式時，又按悲劇的性質加以定位。至於詩的產生原因自是悲劇的起源且已概述其發展情形，進而點出悲劇與敘事詩之異同。

(2)悲劇是對一個高貴的、完整的和一定規模的動作的一種模擬；在語言中使用各種藝術的裝飾加以修飾，數種分別見於劇本不同的部分；由人物表演而非敘述形式；透過哀憐與恐懼的事件使這些情緒得到適當的淨化。③

(3)所謂「語言的修飾」，我意指語言需要加入節

---

③「Katharsis」為此定義中最困難、最分歧、最多討論的關鍵性字眼。按希臘文「katharsis」一詞至少有淨化（purgation）、淨滌（purification）、澄清（clarification）等三種不同的語意，由於譯者的認知和語意的選擇不同，對此子句有不一樣的翻譯，各有其理論的依據和擁護者，至今也未有定論。現將其英譯羅列如次：

(1)“...through pity and fear effecting the proper purgation of these emotions”——S. H. Butcher, 1895

(2)“...effecting through pity and fear the purification of such emotions”——M. Heath, 1996

(3)“...through the represtation of pitiable and fearful incidents, the catharsis of such pitiable and fearful incidents”——L. Golden, 1968

首先看布氏將其譯為「透過哀憐與恐懼使這些情緒得到適當的淨化」。換句話說，在悲劇動作進行的過程中，不但會喚起哀憐與恐懼的情緒，而且能把這類情緒排除掉。又與亞氏《政治學》第八卷最後一章，討論其理想城邦中的音樂地位時的說法相呼應：「……我們談到音樂的運用，必定不只是考慮它諸多好處中的一種，因為有數種（我們用它作為教育和淨化——現在我們說的淨化是其一般的意涵，但在詩學中我們會把它講得更清楚——第三種則關係到一般的休閒活動，包括消遣和消除疲勞）。因此很明顯我們必定會用所有的和聲，但必定不是全都用在同一種途徑。當然，我們會把最具倫理性格者用於教育，並且以喚起和激發情緒者作為聆聽他人演奏的模式。不論何種情緒都建立某種天性中的一種極端形式，並且也存於所有人類天性中，雖然在程度上不同，例如：哀憐與恐懼，和宗教的痴狂。某些人容易受到某種情緒的支配，他們會運用樂曲領其進入宗教的迷狂狀態時，我們就能見到神聖的曲調的效果，一旦恢復清醒時，

就好像他們已經治癒和淨化。它是必然的因為哀憐與恐懼的經驗也具同樣的性質，一般說來，情緒出於天性，大家都會受到這些情緒的影響，只是程度有別罷了。甚至所有會發生的某種的淨化和傾洩，全都伴隨著快感。同樣地，曲調也關係到動作能帶給人類無傷的喜悅。」（*Politics*, 1341b37-42a17）

以類似之激情為手段，進而達到淨化目的之概念，本是古代的醫理與治療的方法。如用加溫排汗的方式來治療發燒的疾病，以發冷醫療打寒戰的毛病。亦即是說把發散（catharsis）這種順勢療法（homeopathic）引進詩學作為詩之功能。換言之，是把發散一詞變成類比的推論方式，由生理的層面帶往心理精神的領域。同時此一學說可謂淵遠流長，支持者眾，實不勝枚舉。甚至像佛洛伊德（S. Freud）用催眠法幫助病患找出童年的痛苦記憶或情結（complex），藉以緩解「癔症」患者的徵狀，頗有療效。其後所採取的釋夢、自由聯想、談話治療等技巧，往往還是為了找出長期被壓抑所遺忘的痛苦記憶與創傷，減輕其心理的負荷，進而達到治療的目的，其實仍屬發散的方法。又按在這些複雜結構裡，首推伊底帕斯情結（Oedipus complex）最重要，它是許多偉大藝術傑作之創造動機，如：《伊底帕斯王》、《哈姆雷特》、《卡拉馬助夫兄弟們》等，滿足了作者長年以來埋藏在心靈底層——潛意識中的願望；同時也淨化或昇華其心靈，對欣賞者而言，經由同一作用（identification），亦可達到相同的效果（《佛洛伊德文集》卷四，一九九八，頁五四七—五四八）。

其次，主張把catharsis譯為purification，該子句翻成「……透過哀憐與恐懼使此類情緒得以淨滌」似可援引《尼各馬可倫理學》（*Nicomachean Ethics*）的說法為佐證：「……美德應以性質適中為目標，我意指倫理上的美德，因為它是關係到激情與動作，有表現得過度、不及與適中的問題。例如：感覺到恐懼、自信、嗜好、憤怒、憐憫，以及一般的快樂與痛苦的情緒太多和太少，兩個都不好；而是要在時間、地點、事物、人物、動機、方式上對他們的感覺都正確無誤，為其特徵和至善，此即是美德的特徵。」（*Ethics*, 1106b8-23）從上段話看來，亞氏非但不以為情緒有害於知性或心靈，而且認為只要控制得當，舉措適宜，或者說是合乎中庸之道，就是具現了美德。是故，淨滌（purification）不同於淨化（purgation），不需排除掉，但要把它控管好。進而養成習慣，唯習慣非天生自然，就像一門手藝要靠不斷學習鍛鍊才能達成，要做到隨心所欲不踰矩，絕非一蹴可及。因此，看悲劇也是一種鍛鍊，當觀眾親眼見到許多令人恐懼和憐憫的人生事件後，會變得堅強起來，就好比沙場老將能克服死亡的恐懼一樣。

此外，道德上的淨滌有著不同的說法，例如：文藝復興時期義大利的劇作家辛塞歐（Giraldi Cinthio，一五○四－一五七四年）指出：「悲劇所表現的事物牽涉到邪惡，造成可怖與可憐，……並淨滌我們精神上類似的激情，和鼓舞我們向善，正如亞里斯多德的悲劇定義所示。」這種悲劇之順勢療法，主張我們會從惡人可怖的命運，學到如何避免像他們那樣為惡不悛。其實它與亞氏的論點相去甚遠（參見《詩學》第十三章）。

第三，像泰勒所云：「……按照現代批評家的論述，亞里斯多德的意思是由悲劇所激起的哀憐與恐懼，能淨滌觀眾的哀憐與恐懼之情……這與亞里斯多德在他的倫理學中的主張並不矛盾……他的意思是說，悲劇所引發的哀憐與恐懼，能淨滌觀眾從形成悲劇的結局所帶來的擾動不安。是故在索福克里斯的《艾傑克斯》中，由其結局所激起恐懼與哀憐能淨滌觀眾對神的不敬與憤怒；並且在其他的悲劇中也能發揮相同樣式的淨滌。」（Thomas Taylor, *Poetics*, 1818）

首度把catharsis譯為澄清（clarification）者是高登（Leon Golden）教授，這個子句為：「……透過可憐與可懼事件的再現，如此可憐與可懼的事件得以澄清。」此理論的優點如次：

（一）詩學為一門技術，此處是技術性探討有關悲劇的性質，而非觀眾的心理狀態和情緒的反應。

（二）它是從前面章節所涉及的命題推論而來，並於後面的章節中延續討論。在方法學上一以貫之。按其一至三章中論述了事物生成的三個基本因素——模擬之媒介或材料、對象和樣式或形式。接著在第四章中探討最後一個目的因或功能。認為詩出自人類模擬的天性，並在模擬的活動中，因學習和發現知識與技術感到快樂。即令模擬的對象本身是醜惡的，讓人感到噁心或痛苦，如屍體之類，也不例外。同理，悲劇中從頭到尾所衍生之一系列可憐與可怖的事件，無論取材於神話、傳說、歷史或屬詩人虛構，只要合乎概然

1450a

奏，「音調」，以及歌唱。所謂「數種分別見於不同的部分」，我意指某部分單獨透過詩句的媒介來呈現，其他部分再輔以歌唱。

⑷今視悲劇的模擬蘊含著由人來表演，首先，它必然使得場面設備成爲悲劇的一部分。其次，歌曲與措辭，這些都是模擬的媒介。所謂「措辭」我意僅指字詞的詩體的安排；由於歌曲一詞的意思人盡皆知無需多贅。

⑸復按，悲劇是一個動作的模擬；並且蘊含著由人親自做的一個動作，其必然地擁有性格和思想兩方面確實不同的性質；就因爲這些我們才能描述動作的本身，這些——性格和思想——是動作產生的兩個自然的原因，而動作又決定了所有的成敗。然後，情節是動作的模擬；此間我所謂之情節意指事件的安排。⑹我所謂的性格意指我們藉此可歸因於行動者的確實性質。思想是要求一個陳述如何得以證實，或許它也可以是一種普遍眞理的宣述。⑺所以，每一個悲劇，必須有六個要素，這些要素決定它的性質——即情節、人物、措辭、思

或必然的規律結合成一體一個動作，依然會產生快感。因為觀眾見證了這類悲劇，從中學到某些東西——由事件得以澄清之普遍真理——學習的行為就能讓人快樂。

（三）它與現代很多風行的美學理論相一致，正如某些批評家稱之為「了悟的經驗」（insight experience）：⑴此經驗是愉快的，至少不像真實人生中所經歷的同類事件那麼痛苦；⑵這種快感是一種求知的結果；⑶知識是由情節的殊相與共相一致的關係中發現；⑷這個語彙標明悲劇的功能為發散（catharsis）——像澄清（clarification）某些東西（O. B. Hardison, Jr. 1968, pp.117-8）。

想、場面、歌曲。其中兩個要素建立於模擬的媒介，一個爲樣式，三個是模擬的對象。除了上述之外別無其他。⑻我們可以說，這些要素都交給詩人一個人運用；事實上，每一部戲包括場面元素和人物、情節、措辭、歌曲和思想等。

⑼所有的元素中最重要的是事件的結構。由於悲劇是一種模擬，不是人物，而是一種動作和人生，並且人生是包含在動作中，其目的是一種動作的模式，不是一種性質。⑽性格決定人的品格，但由他們的動作造成他們的幸福或相反。因此，不能把戲劇的動作視爲一種性格的再現；性格算來只能當作動作的輔助。而事件和情節才是悲劇的目的；並且此目的爲一切之首。⑾再者，沒有動作就不能成爲悲劇，即令沒有性格也還可以。我們現代的詩人絕大多數的悲劇在性格的呈現中有缺失；並且這是一般詩人的通病。在繪畫中也有相同的情形；宙克希斯④和波里岡托斯之間的差別即在此。波里岡托斯所描繪的性格鮮活，而宙克希斯的風格是欠缺倫理性質。⑿再者，如果你串連起一套臺詞表現性格，在措辭和思想方面也表現良好，但無論如何，在情節和技巧地建構事件方面有所不足時，你就不能產生基本的悲劇效果。⒀除此之外，悲劇最能引起情緒興味的元素爲情境的逆轉或驟變，以及發現的場景——

④ 宙克希斯（Zeuxis）：生於格萊西亞（Magna Graecia）之海克利亞（Heraclea），為公元前五世紀末四世紀初的一位非常著名的畫家。以亮麗和逼真享譽於世。

1450b

凡此均屬情節部分。⒁更有一項佐證，初學者往往在他能建構情節之前，就已達到措辭完善和描繪精確的地步。同樣的情形亦見於所有早期的詩人。

那麼，情節，是首要原則，就好像是一部悲劇的靈魂。性格則居第二位。在繪畫亦可見到相同的事實。⒂不容混淆地，最美麗的顏色，所給予的快感也比不上粉筆所描繪的肖像輪廓。是故，悲劇是一個動作的模擬，並且主要是以行動者的觀點來呈現動作。

⒃思想則排第三順位——那是在設定情境中恰當的和可能的說明能力。悲劇中的思想若用臺詞表達，就落入政治學與修辭的藝術範圍；事實上較早的詩人讓其人物的言談像個政治家，而現代則像個修辭學家。⒄性格是揭露道德的目的，顯示一個人選取和避免的事物的種類。因此，臺詞不做此顯示或者那一個說話者沒有選取或避免任何事物時，均非性格之表現。思想，在另外一方面，奠基在證明某些事物的存在或不存在，或一般格言之宣述。

⒅在諸元素中第四個要屬措辭，我的意思如前所述，字詞所表現的意義；以韻文或散文表達其本質上是相同的。

其餘的元素歌曲在裝飾中實居首位。

⒆場面，實質上有其自身所散發的情緒的魅力，但在所有的成分中，它是最少藝術性，與詩的藝術的關聯性最小。說眞的，悲劇力量，即令脫離呈現和演員也可以感覺到。此外，場面效果的製造依賴舞臺技師的藝術要比詩人來得多。

第七章

內容提要

情節必定要完整，有開始、中間與結束。需有一定的規模，不足與太大都不會是美的。

正文

這些原則均已建立，現在讓我們討論情節的適當的結構，因爲它是悲劇中第一等和最重要的事。

(2)按照我們的定義，悲劇是對一個完整、統一又具一定規模的動作的一種模擬；因爲也有動作完整但可能在規模上不足的。(3)完整是有開始、中間與結束。開始是它本身必然地無須跟隨任何事，但某些事自然地隨後到來或產生。相反地，結束就是它本身自然地跟隨於某些其他事，是出於必然或是一種規律，卻無事跟隨著它。中間是跟隨著某些事正如某些其他事跟隨著它。從而一個好的情節建構，必定既不偶然地開始也不偶然地結束，會與這些原則一致。

(4)再者，一個美麗的對象，是一個活著的生物或者是任何由部分組成的整體，必定不只

1451a

是部分間有一種秩序地安排，而且也必須要有一定的規模；因爲美要建立在規模和秩序上。因此，一個非常小的微生物不會是美麗的，因爲看起來它是模糊的，在一種幾乎無法感覺到的瞬間看了這個對象。再者，一個非常龐大的對象不會是美麗的；因爲眼睛不能立即窺其全貌，觀看者失去了完整與統一感；就好比有個一千英里長的物品。⑸因此，以生動的實體和生物的情況而言，一定的規模是必要的，並且很容易一眼望盡的規模；故於情節中，一定長度也是必要的，但要容易記得住的一個長度。⑹在長度的限制裡，與戲劇競賽和感受演出的關係，就不是藝術的理論部分了。爲了讓一百部悲劇一起參賽，其規則是對演出長度用水鐘來節制——有如昔日傳言中的做法。⑺然而限制如定位在戲劇本身的性質上：戲較長者，較美麗，因爲它的尺寸上的緣故，所提供的整體是清楚明白的。我們可以粗略地界定，適當的規模是在事件序列所構成的有限範圍裡，容納按照概然或必然律，從不幸轉到幸福或者是由幸福轉到不幸的一種改變。

第八章

內容提要

情節必須是一個統一體。情節之統一不包括在主人翁的統一裡，而是建立在動作的統一中。事件之間應構成概然或必然的關聯，如果任何一部分被替換或移除，整體就會脫節和混亂。

正文

情節的統一，不像有人所認為的，包含在主人翁的統一中。因為在一個人生命中的事件有無窮的變化，不能約減成統一體；所以，同樣地，一個人有許多個動作，我們不能把它變成一個動作。(2)所有編寫《赫克里德》，①《塞西德》②或者這類詩篇的其他詩人，都出

---

① 《赫克里德》（*Heracleid*）：關於海克力斯（Heracles）的傳說和事蹟涉及的範圍非常廣而且複雜，無論是其身世、成長的過程、愛情與死亡，尤其是他所完成的十二大奇功：1. 勒死尼米亞的獅子（Nemean lion）；2. 殺九個頭的毒蛇赫朵拉（Hydra）；3. 捕捉女獵神阿娣米司（Artemis）之聖獸堅尼亞公鹿（Geryean Stag）；4. 生擒厄律曼托斯（Erymanthus）的野豬；5. 一日內清除愛其士（Augeas）三百頭牛三十年的積糞；6. 驅逐史丁泛林湖的食人鳥；7. 活捉克里特（Cretan）瘋牛；8. 率領狄俄墨得斯（Diomedes）的食人馬群；9. 取得亞馬遜（Amazon）女王希波利塔（Hippolyta）的寶帶；10. 豪奪三頭六腳革律昂（Geryon）的牲口；11. 採擷赫斯珀洛斯（Hesperides）花園的金蘋果；12. 從陰間帶回刻柏洛斯（Cerberus）三個頭、背上長蛇的怪犬等等。足以寫成許多部戲和敘事詩，絕非一部作品所能容納。

② 《塞西德》（*Theseid*）：描述塞修斯（Theseus）事蹟的詩篇今已不傳。當雅典王艾勾斯（Aegeus）和特

現相同的錯誤。他們想像海克力斯作爲一個人，海克力斯的故事必定是一個統一體。(3)但荷馬，在其所有的同儕中，有卓越不凡的特質，於此亦然——是出自技藝或者天賦異稟——恰如其分地洞察了眞理。在其編撰的《奧德賽》中並不涵蓋奧德修斯所有的冒險事蹟——諸

羅增（Troezen）的公主艾絲拉（Aethra）分手時，將一把劍和一雙鞋放在一塊巨石下。如生子俟其長大後，又能取出信物，即可前來相認。果然不負所望做到了，故取名「塞修斯」，是「有物為證」的意思。在其前往雅典尋父途中，斬殺野豬、誅除凶惡殘暴的強盜、屢建奇功。到達雅典後，艾勾斯之妻子米迪亞企圖謀害塞修斯，僥倖被他躲過，陰謀敗露讓父子相認，反而迫使米迪亞攜子出亡。

當艾勾斯宣布塞修斯為其王位繼承人時，引發艾勾斯的五十個姪子群起叛亂，卒為其平定。他在位期間，又建了許多功績，如捉住馬拉松野牛；至克里特島進入迷宮，殺死牛頭怪彌諾陶羅（Minotaur）；參加卡呂冬（Calydonian）的圍獵；對抗亞馬遜（Amazon）女人國；在其好友佩里托奧斯（Pirithous）的婚宴上誅殺酒醉鬧事的馬人（Centaurs）等。

因他善於治理國政，深受人民愛戴。在愛奧尼亞人心目中幾乎是最偉大的英雄，就像多里斯人看海克力斯一樣。

至於其婚姻愛情及家庭又有許多個故事。諸如：愛芙羅黛施展魔力讓克里特的公主阿里阿德（Ariadne）愛上塞修斯，從而背叛祖國，幫助他殺牛頭怪並走出迷宮；俘獲亞馬遜女王安蒂奧珮（Antiope），回到雅典舉行盛大的婚禮，而後當她的族人復仇進攻時，與其夫並肩作戰，不幸身亡；至於續弦的妻子菲特爾（Phaedra）與其子希波利督斯（Hippolytus）之間的愛恨冤孽，經Euripides和Racine之手完成偉大的悲劇傑作。

所以，亞氏認為，任何以人之一生為題材的敘事詩或悲劇就是一種錯誤，也註定是要失敗的。

如：他在潘那塞斯的受傷或被徵召出征時之裝瘋③——事件之間並無概然或必然的關聯：荷馬編寫《奧德賽》就像《伊里亞德》一樣，中心在環繞著一個動作，亦即我們所謂的一整個。⑷因此，正如其他模擬的藝術，模擬是單一的，模擬的對象只有一個，所以情節處理也存於一個動作的模擬，必定模擬一個動作並且爲一個整體，部分的結構結合成如此樣態，如果他們的任何一部分遭替換或移除，整體將會脫節和混亂。因爲一件事的有無，不會造成明顯的不同，就不是整個有機體的一部分。

③ 誠如亞氏所云，荷馬在其《奧德賽》中先在十九卷三九九至四六六行中敘述了奧德修斯於潘那塞斯（**Parnassus**）山上打獵時，被野豬利齒所傷，故留下疤痕。而後於二十一卷二一七—二二〇行、二十三卷七十三—七十四行、二十四卷三三一—三三二行一再提及都與辨識其身分有關。至於奧德修斯無心參戰，以裝瘋來拒絕阿加曼儂之邀請一節，從未提及。可能是因為跟前者或整個動作並無概然或必然的關聯。

第九章

內容提要

詩與歷史之區別並不在於一採韻文另一個用散文；關鍵在歷史描述已發生之事而詩所描摹者爲可能發生之事，並且詩是按照概然或必然可能性來寫。詩表現普遍，歷史則爲特殊，故詩比歷史更哲學。同時概然與必然律適用於事件和人物的安排與處理。欠缺統一或者拼湊的情節則不妥當。其次，最佳的悲劇效果建立在無可避免的必然性與出乎意料之外的驚奇。

正文

1451b

此外，從先前所述，很顯然的詩人的功能無關乎已經發生了什麼事，而是可能發生什麼事——依照概然或必然律什麼是可能的。⑵詩人與歷史家之不同並非一寫散文，一用韻文。希羅多德①的作品即令寫成韻文，仍然是歷史類，用格律也不能增加什麼。眞正的區別是一

① 希羅多德（**Herodotus**，公元前四八二—四二五年）：生於海里卡那色斯（**Halicarnassus**），為政治世家，三十二歲時受叔父的牽連遭到放逐，促成他海闊天空的旅行，大量收集了有關地中海國家的地理、歷史、風俗人情等各類材料。定居雅典後完成一部上自古代傳奇，下至波希戰爭之薩拉米斯一役為止，長達九卷

個敘述已經發生的事，而另一個則說可能發生的事。⑶因此，詩比歷史更哲學更高層次：因爲詩傾向於表現普遍，歷史則爲特殊。⑷所謂普遍，我意指某一個類型的人按照概然或必然律，在某一場合中會如何說或如何做；詩裡雖賦予人物姓名目標卻在這種普遍性。特殊是——例如——艾西拜德斯②做了什麼或遭受了什麼。⑸在喜劇裡這一點很清楚：因爲詩人首先建構情節於概然的線索上，然後再嵌入具有特徵的名字——不像諷刺詩寫的就是關於特定的人。⑹不過悲劇家仍然維持了眞實的姓名，理由可能是爲了取信於人：沒有發生，我們就不會立即感覺眞的有此可能，但是已經發生則是明顯地可能：否則它沒有發生。⑺但也有某些悲劇只有一兩個眾所周知的姓名，其他則爲虛構的。甚至在其他作品裡，連一個名人都沒有——如安格松的《安修斯》，③事件與名字同樣是虛構的，帶來快感也不少。⑻因此，

的大著。有希臘歷史之父的美譽，但也有人說他信口胡扯之處不少。套句威爾．杜蘭的話：「他的愚昧和他的知識同樣浩瀚，他的輕信和他的智慧一樣深厚。」（《世界文明史》之六：《希臘的黃金時代》，中譯本，張平男等，臺北：幼獅，民六十三，頁二七一）

② 艾西拜德斯（Alcibiades，公元前四五〇—四〇四年）：為雅典的政治人物與軍事將領。是蘇格拉底的學生，曾受亞里斯多芬尼斯等喜劇家的嘲弄。

③ 安格松（Agathon）：公元前五世紀末四世紀初著名的希臘悲劇作家。他首次獲獎可能不到三十歲，柏拉圖對話錄之《會飲篇》（*Symposium*）就是為慶祝他獲獎而舉行的，在談論性愛主題時，亞里斯多芬尼斯、他和蘇格拉底三人說得最為精彩，可見其才華與地位。亞氏於其《尼各馬可倫理學》中兩次引用他的

我們不一定要維持悲劇所常用的傳說爲題材。事實上，堅持這樣做是荒謬的；因爲即令題材是知道的，也只是少數人知道，卻能讓大家得到快感。⑼它的道理很清楚，詩人或製作者應該是情節的製作者猶勝於韻文，他是一個詩人因其模擬的緣故並且模擬動作。甚至如果他有機會處理一樁歷史題材，也會不下於一位詩人；因爲眞實發生的某些事，沒有理由不應該符合概然律和可能性，就憑藉著處理他們的性質，無礙於他是一位詩人或製作人。

⑽在所有的動作和情節中，「拼湊」是最壞的。我稱一個情節爲「拼湊」，是指在插話或段落中與接續的另一個沒有概然的或必然的關聯。壞的詩人由於自身的缺失，組合了這樣的片斷，好的詩人則令表演者喜歡；他們寫這樣的片斷是爲了競賽的緣故，過分拖延情節超
1452a 越其負荷的能力，並且常迫使自然的連貫性中斷。

⑾復按，悲劇不只是模擬一個完整的動作，而且事件要能激發哀憐與恐懼。當事件發展令我們驚奇就能產生最大的效果；同時當他們依循因果關係時效果會增強。⑿如果是他們本身所發生的或出於意外，悲劇的驚奇也會隨之變大，當他們有一種設計的氣氛甚至巧合時，

詩句「讓已經做成的事不做成，就是神仙也無能」和「技術依戀著巧遇，巧遇依戀著技術」（6.2.1139b9-11; 6.4.1140a19-20）。此處亞氏論及他一反過去詩人習慣上採用神話傳說為題材，只希望藉助那些耳熟能詳的人和事來取信於觀聽眾的方式，而他完全用詩人自己所虛構的故事，實屬改革開創之舉。唯《安修斯》（*Antheus*）一劇已失傳，甚為可惜。

才是最具衝擊力的。我們可以舉米提司在阿戈斯④的雕像一節爲例，雕像倒下來壓到他的謀殺者，其時他只是一個節慶的旁觀者，並且砸死了他。這樣的事件似乎不只是歸於機運。因此，情節建構在這些原則上必然是最好的。

---

④這個故事普魯塔克（Plutarch）也有記載（*moralia,* 553D）標題為「關於神終究會懲凶」，以米提司的雕像壓死米提司的謀殺者為例，證明神的意志會干涉人類的事物。亦請參見*Aristotles Poetics,* trans .L. Golden com. O. B. Hardison Jr., pp.164-165。

第十章

內容提要

單純與複雜情節的定義。

正文

情節有單純與複雜之分，因為真實人生中的動作，明白地顯示出類似的差異，而情節是對它的一種模擬。⑵如前所界定，一個動作是整個和連續的，當劇中人物的命運沒有發生情境的逆轉和發現者，我稱之為單純。

⑶一個複雜的動作會伴隨著逆轉，或發現，或者兩種都有造成的一種改變。這些應該來自情節內在結構的延續，所依據的將是先前動作的概然或必然的結果。任何設定的事件是發生在前在後為因為果情況全然不同。

第十一章

內容提要

情境的逆轉與發現，以及悲劇中受苦場景的界定和解釋。

正文

情境的逆轉是隨著動作轉向其相反方向的一種改變，並且常按照我們所謂的概然或必然的規律進行。故於《伊底帕斯》①中，信差來寬慰伊底帕斯和免除他對其母親的疑懼，但隨

① 係指索福克里斯之《伊底帕斯王》（*Oedipus the King*，約公元前四三〇—四二五年），場景安排在底比斯國王之宮殿。瘟疫肆虐該城邦，伊底帕斯向祭司和臣民承諾將盡全力終止其蔓延。克瑞昂（Creon）受命前往德爾菲（Delphic）祈求神諭，帶回來的是阿波羅的命令，一定要找出殺死前王賴亞斯（Laius）的凶手，並要處死或放逐才能淨化該城之罪惡，伊底帕斯也責無旁貸。首先他詛咒凶手，斷絕其人際關係。當克瑞昂所推薦之盲人預言家泰瑞修斯（Tiresias）被請到伊底帕斯面前，卻拒絕回答他所知道的凶手。此舉激怒了伊底帕斯，指責泰瑞修斯不忠，甚至是同謀幫凶。因此，盲人預言家不得已說出國王自己所為並暗示他亂倫。而國王以為預言家是受了克瑞昂的教唆，謀奪其王位。要克瑞昂回宮為自己辯護，但伊底帕斯卻不信，也不顧他人的勸解，堅持要放逐克瑞昂。喬卡絲塔（Jocasta）前來緩頰，先讓克瑞昂離去，再行寬慰其夫君。她說預言未必可信，證據就是從前曾說賴亞斯會被自己的兒子所殺。但他的兒子早棄於山頂而死，並且賴亞斯是在三岔路口被殺。唯於喬卡絲塔所描繪的細節，喚起伊底帕斯的記憶，想起多年前他

曾於福克斯的三岔路口，殺死了一名老者和其侍從。時間也吻合，正是他到底比斯之前不久。唯一的出入是生還者說是被一群強盜所殺，而不是一人所為。但仍激起伊底帕斯的不安，於是下令傳召目擊證人立刻到宮中來。

按亞氏於此所論之急轉及其帶來之發現，為該劇第三場從九一一—一〇八五行，科林斯（Cornith）的信差來報，因伊底帕斯所認知的父親——帕里孛斯（Polybus）駕崩，要他回去繼承王位。從而喬卡絲塔斷言神諭為假，說他會殺父，而他人在底比斯絕對與父死無涉。伊底帕斯也表慶幸，但仍不敢回去，因其母健在。信差為了破除他對娶母的疑慮，告訴他本非科林斯王帕里孛斯之子，是他把腫足（Oedipus之本意）的嬰兒從克塞潤山救起，送給沒有子嗣的國王與王后。而他帶走的嬰兒是得自另外一個牧羊人，同時也是賴亞斯的僕人奉命棄置者。至此喬卡絲塔已明白了真相，當伊底帕斯要揭開其出身之謎，要求她找到此人時，她絕望地哀求伊底帕斯不要再追查下去。但他不肯，堅持要知道真相，甚至懷疑她害怕他出身卑賤。喬卡絲塔淒慘地向他道別衝往場外。他自我寬慰是機運的寵兒，現在也不會遺棄他。伊底帕斯交叉盤問兩個牧人——關鍵證人，一個急切，另一個閃躲。最後，逼迫賴亞斯的牧人說出可怖的真相，伊底帕斯開始相信他是賴亞斯的兒子也是殺他的凶手，他是喬卡絲塔的兒子也是她的丈夫。接著信差報告惡耗說伊底帕斯在見到喬卡絲塔上吊自盡後，刺瞎雙目血流滿面的可怕景象。在最後的場景中，克瑞昂已是國王，命人把目盲的伊底帕斯帶進宮，當他請求離開，不願活在賴亞斯的國度裡，想以克塞潤山為其墳場，但克瑞昂則堅決地表示需要問過神的旨意才能決定。伊底帕斯相信克瑞昂會為喬卡絲塔安排葬儀，認為兩個兒子都已長大成人，不致凍餒。唯一放不下的是兩個幼女，即令長大也可能沒人會娶她們，註定孤單凋零。因此，哀求克瑞昂費心照料。此時克瑞昂的對答一直表現得極為冷漠少有憐憫之情。亞氏在討論悲劇時常以本劇為範例，除本章外，有十四、十五、十六、二十四等章節，可見亞氏對其評價不一般。但當年參賽時只得到第二名，箇中原委早已湮沒無聞，倒是戲劇的論斷之難，可得而知。

1452b

著揭開他是誰，爲他製造了相反的效果。又按在《林扣斯》②一劇中，林扣斯原本被帶去處死，丹諾斯跟他前往，目的是要殺他，但是由於前面事件的結果，導致丹諾斯反而被殺，林扣斯卻獲救。

⑵發現，正如字面所示，是從無知到知的一種改變，隨著詩人安排的幸與不幸的命運，在人物之間產生了愛或者恨。最好的發現形式是與情境的逆轉同時發生，正如《伊底帕斯》劇中的情形。⑶實際上也有其他的形式。哪怕最瑣屑的無生命的物品，也可以成爲發現的對象。再者，發現或辨識可以是一個人做了或沒有做某件事。然而與情節和動作最爲緊密關聯的發現，正如我們以前說的，是人物的發現。⑷這種發現，與逆轉結合，將會產生哀憐或恐懼；至於動作所產生的效果，依我們的定義爲悲劇表現者。此外，幸與不幸的結果將建

---

②《林扣斯》（*Lynceus*）：為塞奧戴克特斯（Theodectes）的作品，早已失傳。作者曾入柏拉圖學園，亦為亞氏的朋友和弟子。當代知名的悲劇詩人，可能寫了五十多部悲劇，得過八次獎。《林扣斯》一劇取材為流傳久遠的故事，伊奧（Ion）之後裔埃及王愛吉匹塔斯（Aegyptus）有五十個兒子，要強娶其弟丹諾斯（Danus）的五十個女兒，而丹諾斯率其女逃往阿戈斯（Argos）求援，果然，在國王與其臣民商議後給予庇護，阻止了逼婚的行動。埃斯庫羅斯（Aeschylus）之《求援者》（*Suppliants*）即以這段故事材料寫成。後來又因其他緣故，丹諾斯表面許婚，祕囑其女於新婚之夜殺夫。結果四十九個女兒都執行了乃父之命，僅席波耐絲特拉（Hypermnestra）不忍殺其夫林扣斯，違抗父命，縱其逃走。至於丹諾斯將其捕獲，欲處死他，反而被殺之情節過程已無從揣測。

立在此情境上。其次，發現存於人物之間，它可以發生在只有一個人被另一個人物發現——當後者已經知道——或者有必要讓雙方發現。如此，由於傳信使得伊菲貞妮亞向奧瑞斯提斯揭露身分；③但發現的另外一個行爲，是讓奧瑞斯提斯被伊菲貞妮亞知道。

③應指《戍守在陶力斯的伊菲貞妮亞》（*Iphigenia in Tauris*），為優里匹蒂斯（**Euripides**，公元前四八〇—四〇六年）之名劇。按伊菲貞妮亞為其父阿加曼儂（**Agamemnon**）誆至奧呂斯（**Aulis**）獻祭，以便希臘聯軍啓航。幸賴阿娣米司（**Artemis**）在緊要的關頭，祕密地營救至陶力斯，任命她為女祭司。其中一項任務是把任何涉足該地的外人處決以祭神。若干年後，其素未謀面的弟弟奧瑞斯提斯（**Orestes**）和友人佩雷德斯（**Pylades**），受阿波羅神的指點來陶力斯盜取阿娣米司的雕像，如能取得，可以讓那個被復仇女神追到瘋狂的奧瑞斯提斯，重獲新生。當伊菲貞妮亞正為昨夜惡夢所擾，忽聽信使報告有兩個希臘青年闖入，殺了神牛觸犯禁忌，現已被擒，聽候發落。伊菲貞妮亞在審訊的過程中，得知其父從特洛伊凱旋歸國後，卻被其妻子和堂兄弟謀害。若干年後，奧瑞斯提斯終究為父報仇而弒母，唯雙方均未表明身分。伊菲貞妮在感慨之餘，決定赦免一人生還為其傳訊。奧瑞斯提斯自覺罪孽深重，情願就死，而佩雷德斯則有感情誼，不欲獨生。終為奧瑞斯提斯勸服，願意返回阿戈斯，並娶伊萊克特拉為妻。當伊菲貞妮亞將書信交給佩雷德斯時，因恐路途遺失，遂將內容讀出，告訴他交給奧瑞斯提斯，促其前來陶力斯，接其返國，並自述當年獲救經過。佩雷德斯立即將信交給奧瑞斯提斯，表示任務完成，促使發現身分，姊弟相認。於是三人共謀竊取神像逃走，偽稱雕像已被弒母者玷汙，須赴海中淨滌。並囑眾人不得觀看，以免沾染受害。雖然，國王泰阿斯（**Thoas**）受其所愚，卻有其他人發覺他們逃走的跡象。立即報告國王，怒而擒回，雅典娜及時現身阻止。告訴泰阿斯此乃阿波羅神旨意，理當遵從，放三人回阿戈斯，陶力斯王只得應允。

情節的兩個部分——情境的逆轉和發現——都會引發驚奇。第三部分是受苦的場景④。受苦的場景是一種破壞和痛苦的動作，諸如舞臺上的死亡、身體之折磨、受傷及其他類似者。

---

④不論將其譯為情節的第三個部分或元素是受苦的場景（**A third part is the Scene of Suffering; A third element is Suffering**）。在邏輯上都有點夾纏不清，因為亞氏於前一章把情節分成單純與複雜兩類：只有某些複雜情節有可能包含逆轉與發現兩部分，另外有的複雜情節可能僅具其一；而單純情節根本沒有任何一個轉化的部分，卻也是情節的一個類型。換言之，悲劇的情節中有受苦的場景或元素，無法計數為第三個，更何況它不作為情節或動作分類的基準，不應混為一談才是。然而，悲劇的主人翁遭受到不論肉體或精神上的折磨、傷害與痛苦，正是悲劇動作或情節不可少的部分，或者說是必要條件。甚至眼見不相干的人或仇敵之間做出殘害之事，也能引起吾人憐憫之情（十四章，一二一頁）。是故，正如第七章所界定的悲劇適當的規模或長度「是在事件序列所構成的有限範圍裡容納按照概然或必然率，從不幸轉到幸福或者是由幸福轉到不幸的一種改變」（八十五頁）。亦即是說不論那一種轉變都包含了不幸的過程或階段，這是悲劇動作或情節處理的一條重要原理原則，唯有如此才能激起哀憐與恐懼之情緒。而所謂「不幸」（**bad fortune or misfortune**）必然是有受苦（**suffering**）的遭遇或經歷。有關這個問題請再參閱第十三章達到悲劇效果的條件。至於第十八章所作悲劇分類，以及二十四章的敘事詩分類亦請參閱。

此外，由於希臘悲劇在題材與內容上常常涉及很多可怕暴力和罪行，因此這種受苦的場景是無可避免的（**inevitable**），但是依現存的悲劇來看，除了優里匹蒂斯的作品——《阿爾刻提斯》（*Alcestis*）和《希波利督斯》（*Hippolytus*）的死亡讓我們看見外，其他的悲劇像《艾傑克斯》（*Ajax* by Sophocles）的自殺是在其走出觀眾的視線外發生：或者是轉移到景屋的後面進行，然後用臺車將屍體推出來，《阿加曼儂》（*Agamemnon* by Sophocles）為典型的範例：亦或者是以言辭描述給觀眾聽，想像其悲慘的景象，如《酒神女信徒》（*The Bacchae* by Euripides）中彭休斯（Pentheus）被母親（Agave）等人將其撕成碎片的動作部分。至於其他身體上的傷殘、戕害等可怕的暴行都避免在劇場演出全部的過程，也因此讓敘述的成分增加了許多。

第十二章

內容提要

悲劇情節「量的劃分」：分別爲序場、插話、退場詞與合唱歌等。

正文

(1)視爲整體的元素的悲劇成分都已論述。現在要討論量的部分——悲劇所劃分的各部分——名爲序場（Prologue）、插話（Episode）、退場詞（Exode）、合唱歌（Choric song）；這最後的部分又分成登場歌（Parode）和插話間合唱（Stasimon）。這些是所有劇本共同的；特殊的是某些劇本有來自舞臺演員的歌唱和哀悼歌（Commoi）。

(2)序場是一部悲劇合唱團的登場歌前的段落。插話介於完整的合唱歌間的段落。退場詞之後沒有合唱歌爲悲劇最後段落。登場歌是合唱團第一次完整表述的合唱段落；插話間合唱是不用短短長格或長短格詩體之一段合唱歌；哀悼歌是由合唱團與演員共同輪唱的輓歌。」①

① 布氏（S. H. Butcher）將本章列為疑作，因為就論述的文章上看第十一章的結尾，與第十三章的首句可以銜接起來，似被本章打斷。同時，從第七章到第十一章都在討論情節的本質問題，第十三章又延續說明悲劇情節的條件和應該避免什麼。所以，突然插入本章開始探討元素在整體中的配置與名稱，使得邏輯思維因此中斷變得會含混不清。假如是後人所補或添加，並不恰當，非高明之舉。亦可參見*Aristotle's Poetics*, trans. Leon Golden & com. O. B. Hardison, Jr. (N. J. Prentice-Hall, Inc., Englewood Cliffs, 1968), p.173。

第十三章

1453a

內容提要

什麼樣的情節結構才能達到悲劇的特定效果。命運之窮通與主人翁的性格乃是理想悲劇的必要條件。不圓滿的結局遠比符合一般觀眾的「詩之公道」更具悲劇效果，反之，寧屬於喜劇。

正文

依照前面講過的內容延續下來，我們必要討論詩人的目標應該是什麼，在建構其情節中應該避免什麼；用什麼方式才會產生悲劇的特定效果。

⑵正如我們所知道的，一部完美的悲劇應該安排成複雜的情節而不是單純。此外，它所模擬的動作應能激起哀憐與恐懼，這是悲劇模擬所擁有的特定標記。接下來很清楚地，首先，命運的改變必定不是呈現一個善良的人從幸福轉到不幸的景象：因爲這個激起的既不是哀憐也不是恐懼，它只是令人震驚。再者，不宜讓一個壞人從不幸轉到幸福，因爲全然背離悲劇的精神：它不具一點悲劇的性質；它既不能滿足道德感，也不會喚起哀憐與恐懼。第三，不應該是十足壞蛋之毀滅展示而已。無疑地，這類情節將會滿足道德感，但是它激起的

既不是哀憐，也不是恐懼；因爲哀憐是由於不應得的不幸所引起；恐懼是由於一個像我們自己一樣的人遭遇不幸。因此，這類事件既不會引起哀憐，也不會帶來恐怖。(3)然而，還有一類介於兩個極端之間的人物——其人並無顯著的善良與公正，他的不幸也不是由邪惡與墮落的行爲所造成，而是因爲犯了某種錯誤或過失。他必定是一個享有盛名與榮華富貴者——就像伊底帕斯、塞斯特斯[1]或者其他這類家族的顯赫人士。

(4)是故一個好的情節建構應該是形成單一的結局，勝過維持雙重的結果。命運的轉變不應從壞變好，而是相反，由好轉壞。它之所以有此結果不是因其邪惡，而是由於某種重大的錯誤或過失。正如我們所描述的，或者此人善大於惡。(5)舞臺的實踐可以證實我們的觀點。最初詩人描述任何到手的傳說。現在最好的悲劇都是奠基在少數幾個家族的故事——艾克蒙、[2]伊

---

① 塞斯特斯（Theyests）是阿戈斯（Argos）國王派樂普（Pelops）之次子，其兄為埃楚斯（Atreus）。因未能遵守「兄終弟及」之繼位約定，憤而誘拐其嫂，並盜取了象徵王權之金毛羊。奪位事敗逃走，王兄埃楚斯心有未甘，亟思報復。誆塞斯特斯回國，烹其二子，以饗之。塞斯特斯得知真相，痛不欲生，誓言不惜一切手段定報此仇。乞求神諭如何才能復仇，神告訴他除非與其女兒亂倫所生之後代，才能達到目的。後來果如神諭生下一子，名為埃吉色斯（Aegisthus），長大成人真如神諭殺了埃楚斯，得知身世後還位於其父。

② 艾克蒙（Alcmaeon）為安菲阿羅斯（Amphiaraus）和厄瑞芙樂（Eriphyle）之子。安菲阿羅斯本是著名的預言家，故於波呂耐克斯（Polyneices，乃伊底帕斯之子）邀約攻打底比斯，助其搶奪王位時，知有殺身之禍而拒絕。後因妻子厄瑞芙樂貪得波呂耐克斯所贈之項鍊，要其丈夫履行誓言「一切唯妻命是從」。安

底帕斯、奧瑞斯提斯、③麥勒阿格爾、④塞斯特斯、泰勒佛斯⑤的命運，以及其他做出或受

菲阿羅斯只得參戰，臨行前囑付艾克蒙為其報仇雪恨。後來，戰敗遁走時連戰車一同被大地吞沒。艾克蒙為執行亡父遺言，竟弒其母，為此他自己發了瘋，並被復仇女神（Furies）追逐，到處躲藏，幾無容身之所。至普索菲斯（Psophis）投靠菲勾司（Phegeus），為其淨罪，且將女兒艾西娜（Assinoe）嫁給他。而艾克蒙也把得之於其母的項鍊贈與新婚的妻子。後因該地仍然不能收容弒母之人（一說是鬧饑荒的緣故，甚或歸因於他），不得不離開。先知告訴他，只有逃到一個還沒有殺母罪的地方，才能擺脫復仇女神的追逐。到了阿刻羅俄斯河（Achelous）出口的地方，恰巧有個剛從河裡升起的島，他就在這新生地安居。河神又把女兒卡莉蘿厄（Callrrhoe）嫁給他，而卡莉蘿厄也希望得到項鍊、披肩尋等寶物。艾克蒙回普索菲斯索寶，偽稱要送往德爾菲（Delphi）乞求袪除狂疾。而後王菲勾司洞悉真相，命其子埋伏於路途殺之。終究，還是由卡莉蘿娥之子報得冤仇，殺了菲勾司父子。唯有關艾克蒙的悲劇均已失傳。

③ 奧瑞斯提斯（Orestes）為阿加曼儂（Agamemnon）和克萊騰耐斯特拉（Clytemnestra）之子。當克萊騰耐斯特拉和艾吉色斯（Aegisthus）謀殺凱旋歸來的阿加曼儂，掌控了政權，欲殺奧瑞斯提斯以絕後患。所幸逃脫遠走他鄉（有傳說是其胞姐伊萊克特拉所救），在其舅父家裡住了八年，與表兄佩雷德斯成了至交好友。長大後決心為父報仇，在德爾菲得到阿波羅諭令殺其母與堂叔。於奠祭亡父時與胞姊伊萊克特拉相認。回宮時偽稱奧瑞斯提斯已死，賺得接近克萊騰耐斯特拉的機會，下手弒母及其叔。雖然報了父仇，卻惹來復仇女神為其母索命。被追得發瘋，就連阿波羅也無法阻擋，只得求助於雅典娜。在審判中，復仇女神指控奧瑞斯提斯殺的是血親，而克萊騰耐斯特拉雖殺了丈夫，但沒有血緣關係，其罪較輕。阿波羅強調創造孩子的是父親，不是母親，她只作承受種子的哺育者。認為克萊騰耐斯特拉破壞了神聖婚姻，殺死了自己的主人夫君，實在罪大惡極。雙方各執一詞，裁判投票結果仍然僵持不下。雅典娜投下寬恕的一票後，為了平息憤怒怨恨，決定在雅典城供奉三位女神，使她們化為仁慈的女神。除了埃斯庫羅斯的三部曲的第二、第三部有奧瑞斯提斯外，其他兩位悲劇家也都寫了他，且流傳下來了。可參見索福克里斯之伊萊克特拉，以及優里匹蒂斯之在陶力斯的伊菲貞妮亞。

④ 麥勒阿格爾（Meleager）為俄伊紐斯（Oineus）與阿莎亞（Althaia）之子，著名的英雄人物。據說他出生

害於某些恐怖的事。其次，一部悲劇要做到完美應按此藝術的法則來建構。⑹因此，指責優里匹蒂斯⑥的那些人是錯的，因為他正是照此原則處理其劇作，許多戲的結局是不圓滿

的第七天，三個命運女神來到阿莎亞的床前，第一位女神說你的兒子將來會成為勇敢的英雄。第二位接著說你兒子未來會是一位偉人。第三位卻說爐上的那塊木片燒盡之日，也就是你兒子命終之時。於是阿莎亞急忙取出那塊燃燒的木片，用水澆熄藏在盒子裡。當麥勒阿格爾長大成人，果然是位英雄人物。某次豐收謝神時，國王俄伊紐斯向諸神獻祭時，獨漏了女獵神阿娣米司，激怒了祂。在王國境內放一頭凶猛無比的野豬，踐踏田畝作物。各地英雄都來幫忙圍獵，從而也有競技的意味，此即是著名的卡呂冬狩豬。美麗的女射手俄塔蘭特領先群雄，射傷野豬，但後來是被麥勒阿格爾殺死。由於兩人一見鍾情，麥勒把勝利的獎賞讓給了俄塔蘭特，引發不滿，其舅父出手搶奪，在爭執中麥勒竟然刺死了舅父。其母聞訊知後決定為兄弟報仇，取出盒中所藏之木片燒掉，麥勒阿格爾心如火焚而死。而其母也在得知麥勒已死後自縊身亡。

⑤ 泰勒佛斯（Telephus）為海克力斯（Heracles）和奧革的兒子。而奧革唯恐其父阿流斯聽信先知所言，說其外孫會帶來不幸的災禍，就將伊新生的嬰兒藏於雅典娜的神廟，但此舉觸怒了女神，降下瘟疫。阿流斯為救其城邦，將此嬰棄置於山上。幸得母鹿哺乳，又逢好心的牧者收養，因此取名泰勒佛斯（意即吮鹿）。奧革畏罪逃到米西亞，並嫁與其王。在泰勒佛斯長大後，從德爾菲（Delphi）處得知母親的下落，不但母子重逢，且蒙王收為義子。甚至得到繼承權，成為米西亞王。又按泰勒佛斯娶了特洛伊王的公主，因而阻擋希臘聯軍的去路。於爭戰中被阿基里斯的槍所刺傷，久久無法治癒。不得已派人前往邁錫尼，偷偷綁走了主帥阿加曼儂王的幼子奧瑞斯提斯。迫使阿加曼儂出面商請阿基里斯以其槍鏽治好了泰勒佛斯的傷，因感懷希臘人的情分，告知前往特洛伊的路途。這也正應驗沒有海克力斯之子的幫助，希臘聯軍抵達不了特洛伊的預言。

⑥ 優里匹蒂斯（Euripides，約公元前四八〇—四〇六年）：是希臘三大悲劇家最晚的一位，有生之年得獎的次數比起兩位前輩少，但流傳後世的作品卻最多。他可能寫了九十多部戲，現存十八部悲劇：《艾

爾塞蒂斯》（*Alcestis*，公元前四三八年），《米迪亞》（*Medea*，公元前四三一年），《希波利督斯》（*Hippolytus*，公元前四二八年），《海克力斯之子》（*The Children of Heracles*），《安莊麥姬》（*Andromache*），《海克柏》（*Hecuba*），《海克力斯》（*Heracles*），《求援者》（*The Suppliants*），《愛昂》（*Ion*）等，其著作時年不確定，但可能在四三〇—四一五之間，《特洛伊的婦女》（*The Trojan Women*，公元前四一五年），《伊萊克特拉》（*Electra*），《戍守在陶力斯的伊菲貞妮亞》（*Iphigenia in Tauris*，可能是公元前四一七—四〇八年之間），《海倫》（*Helen*，公元前四一二年），《菲尼基的婦人》（*The Phoenician Women*，約公元前四〇九年），《奧瑞斯提斯》（*Orestes*，公元前四〇八年），《戴神的女信徒》（*The Bacchae*），《在奧呂斯的伊菲貞妮亞》（*Iphigenia at Aulis*，於其死後才上演）。《獨眼巨人》（*Cyclops*，寫於何年不詳）是現存唯一完整的羊人劇。大部的批評家認為，優里匹蒂斯的作品，在人物的表現上比其他劇作家來得寫實和生動。不只是主角，就連次要人物，往往都很精彩，稱得上傑作。尤其擅長處理女性人物，在現存的劇作中也占一半以上。不過，對他處理的態度則呈現兩極化的看法，有人認為他是女性的代言人，但也有人以為他厭惡女人。倒是他在人物性格所表現的深度和寫實，把希臘戲劇推向了新境界，同時也震憾了當代觀眾，甚至還一時無法接受。認為他貶低了悲劇人物的高度，成了日常生活的普通人，有損英雄的尊嚴。再者，他所選擇的某些題材被認為不適合在舞臺上演出，例如：米迪亞為了報復傑生的負心而殺子；費特爾對希波利督斯之激情等。尤其是愈細膩，愈真實地表現其心理的動機和過程，愈是成問題。此外，優里匹蒂斯的人物對傳統的價值觀頗有微詞，甚至質疑神的公正性，認為人類的禍福取決於機運，所關切的是個道德問題而不是神與宗教。他的寫實傾向使得某些作品的悲劇性變得模糊，像《艾爾塞蒂斯》中的海克力斯，《戍守在陶力斯的伊菲貞妮亞》裡的**messnger**近乎喜劇人物。《戴神女信徒》的處理尤其是**Pentheus**被酒神女信眾所殺的戲，既滑稽又恐怖，根本是一齣怪誕劇（**grotesque play**）。優里匹蒂斯的表現技巧也很有爭議，他有好多部戲的序場直接道出動作前因：長篇大論的臺詞像法庭辯論稿；有些插話缺少邏輯上的關聯，顯得多餘累贅；常以神從天降的方式來解決劇中的衝突、困境與命運；合唱團與戲劇動作的關係薄弱，淪為段落劃分的功能。是故亞氏於此給予肯定，其他則有保留或貶抑。

的。正如我們說過的，它是正確的結束方式。最好的證據是在舞臺上和戲劇的競賽裡。如果製作的好，這樣的劇本都是最有悲劇效果的；雖然優里匹蒂斯在其主題的一般性控管容或有失，卻是令人感到最富悲劇性的詩人。

(7)有人把這種次等的悲劇列爲首選。像《奧德賽》，它有情節的雙重線索，也有一組各獲得好與壞兩種相反的結局。它之所以被視爲最佳，實出於旁觀者的弱點；因爲詩人落入爲投觀眾所好而寫的誘惑。(8)無論如何，這種快感不是眞正悲劇的快感源頭。寧可說它是喜劇的。舉一個例子，他們本是最大的死敵——像奧瑞斯提斯與艾吉色斯⑦——在結尾處化敵爲友，沒有殺人也沒被殺。

---

⑦ 艾吉色斯（**Aegisthus**）為塞斯特斯（**Thyestes**）和其女兒派樂匹雅（**Pelopia**）亂倫所生之子，故出生後即遭母所遺棄。由牧者撫育長大，旋為埃楚斯收養。至於私通堂嫂，謀殺堂兄阿加曼儂等事件，請參閱相關資料，譯註不贅。

第十四章

內容提要

悲劇的情緒——哀憐與恐懼應自情節本身產生。如果由場面設備造成，其效果不符合悲劇的精神。動作要能產生這種效果，必定建立在角色之間的關係，以及行爲者做了或沒做，知道或不知道，每一種情況的效果和價值都不相同。

正文

1453b

哀憐與恐懼可以由場面喚起；也可以從這部戲的內在結構產生，那是比較好的方式，並象徵著一位優秀的詩人。因爲情節應該是如此建構，即令不藉助眼睛，只因聽說這個故事就恐怖的發抖，且對發生的事融進了同情，我們應該會從聽到《伊底帕斯》的故事得到這種印象。(2)然而僅從場面產生這種效果是一種較少藝術性的方法，並且是靠著外來的輔助。他們利用場面的方式創造的不是一種恐怖感而是只有怪異，就悲劇的目的而言都是外行；我們必定要知道悲劇不需要每一種快感，只要它獨特的。(3)詩人應該提供的快感，是經由模擬而來的哀憐與恐懼，很顯然這種性質必定要利用事件達成。

那麼讓我們來決斷帶給我們強烈的恐懼和哀憐的條件是什麼。

(4)動作能產生這種效果，必定發生在角色之間是朋友或是敵人亦或者是不相干的人。如果一個仇敵殺死一個仇敵，不論是行動或是意圖，都不會激起哀憐之情——除非是受苦本身會令人同情外，別無其他。與不相干的人之間亦復如此。然而當悲劇的事件發生在他們之間他是另外一個人的親人或親密的人——舉例而言，如果是手足相殘，或意圖殺害一個兄弟，子弒其父、母害其子，或子弒其母，或任何其他這類關係人之作爲——這些情況都是詩人所尋找者。(5)事實上，他可以不破壞這個已被接受的傳說架構——現成的例子有克萊騰耐斯特拉被奧瑞斯提斯所弒和厄瑞芙樂死於艾克蒙之手——但是他應該顯示他自己的創造，並技巧地處理這個傳統的材料。讓我們更清楚地解釋所謂技巧地處理是什麼意思。

(6)在較早的詩人的樣式中，動作可以是自覺地的作爲並對當事人有所知。因此也就像優里匹蒂斯所作之《米迪亞》[1]殺死她的孩子。或者，又按做了可怕的行爲，但在無知的狀

---

[1]《米迪亞》（*Medea*）：為優里匹蒂斯公元前四三一年所完成的偉大傑作。戲劇肇因於數年前這位來自東方的公主米迪亞，為了要救她所愛的希臘冒險者傑生（**Jason**）並幫助他取金羊毛，不惜背叛祖國，做出傷害父兄的行為。傑生成功後帶米迪亞回希臘並娶她為妻，生育二子。現在卻遭傑生遺棄，另娶科林斯（**Crointh**）國王克瑞昂（**Creon**）之女。又因科林斯國王唯恐米迪亞施展魔法作怪，決定驅逐她出境，但可以在其所定之期限內找到庇護所後才離開。適巧，雅典王艾勾斯（**Aegeus**）來訪知悉伊之處境後表示，如果米迪亞能幫助他解決沒有子嗣的問題，就歡迎去雅典定居。但米迪亞在有了棲身之所後，亟思報仇計畫。首先，引誘傑生進言讓其子入宮，向即將做新娘的科林斯公主，獻上一頂后冠和袍子，一則表達祝賀

1454a

態下做的，其親屬關係或友誼的臍帶是在事後才發現的。索福克里斯的《伊底帕斯》爲典型的例證。事實上，它是把這事件置於戲劇之外發生；但這種情況也可以放在戲劇的動作中發生：例子有愛斯蒂戴瑪斯②的《艾克蒙》，或者像《受傷的奧德修斯》中的泰力岡那斯。③

(7)第三，第三種情況是，對於要採取行動的對象有所了解然後停止行動。第四種情況是，由於無知某人要去做無可挽救的錯事，然而在他做之前就悔悟了。這些就是所有可能的情況了。因爲行爲必定是做了或沒做——是有意或無意的情況下做的。在所有的這些方式裡，對於要採取行動的對象是清楚知道的，然後又沒有行動是最壞的。它令人震驚卻沒有悲劇性，因爲沒有災禍隨之發生。因此，從來沒有或很少在詩中發現。不過，在《安蒂岡妮》④中勉

之忱，再則感謝免除驅逐之罪。公主不疑有他，穿戴後立即中毒，痛苦難當，其父克瑞昂為救她，也相繼中毒身亡。當傑生趕回家時，米迪亞告知已謀殺二子作為報復，令傑生痛苦發狂。米迪亞則駕馭著龍車騰空而去雅典。

② 愛斯蒂戴瑪斯（Astydamas）：為公元前四世紀著名的悲劇詩人。他的作品《艾克蒙》（*Alcmaeon*）可能是把奉父遺命，弒母報仇一節，略加修飾，讓艾克蒙處於瘋狂狀態下所為，恢復理智後始知真相。

③ 《受傷的奧德修斯》（*Wounded Odysseus*）：為索福克里斯失傳的悲劇。泰力岡那斯（Telegonus）是奧德修斯與塞樂絲（Circe）所生之子。當他奉母命前往伊色卡兒（Ithaca）尋父，抵達該地時，因迫於飢餓而搶奪。奧德修斯前往阻止，泰力岡那斯為了自保，在打鬥中讓奧德修斯受到致命傷，事後才發現死者竟然是生父。

④ 《安蒂岡妮》（*Antigone*）：索福克里斯偉大傑作之一。安蒂岡妮的哥哥波呂耐克斯（Polyneices）率領外軍攻打祖國失敗，自己也戰死於底比斯城外。安蒂岡妮告訴妹妹伊絲曼妮，克瑞昂敕令任何人不得埋葬

強算作一例，海蒙威脅要殺父親克瑞昂。⑻再來比較好的方式是明知故犯。更好的方式是在無知的情況下犯了罪惡，事後才發現。然而這種發現只會產生驚奇的效果，卻不會令我們震驚。⑼最後一種情況是最好的，如在《克瑞方特斯》⑤劇中，梅瑞普要殺她的兒子時，但在

他，任其曝屍荒野作為懲罰，但她已決定公然違抗。不管伊絲曼妮如何勸阻，她還是出去安葬其兄長。當底比斯的老人家聚集起來慶祝劫後餘生，並聆聽克瑞昂的政令時，衛兵進來，報告有人正在為波呂耐克斯灑土安葬。起初，克瑞昂難以置信，認為衛兵造謠生事，後來證實確有其事。於是下令逮捕，果然，衛兵抓住了安蒂岡妮。她自豪地表示以神之名所採取的行動，遵守的是永恆的法理。克瑞昂不顧其已是未來兒媳，堅決要處死她。安蒂岡妮的未婚夫海蒙懇求寬恕無效，引起了父子之間一場激烈痛苦的爭吵。隨即安蒂岡妮要被帶去墓窖餓死時，她發表了一篇為自己辯護不應受懲的說辭，但克瑞昂不為所動。盲人預言家泰瑞修斯（Tiresias）告訴他，神意要埋葬波呂耐克斯的屍體，克瑞昂腦羞成怒地斥責他。泰瑞修斯預言克瑞昂的家庭會因其罪遭到報應。而後克瑞昂才勉強同意安葬波呂耐克斯，並下令釋放安蒂岡妮。但為時已晚，信使回報安蒂岡妮已上吊自殺，海蒙正為其死哀號。父子相見時，海蒙一度試圖殺父，但最後還是用劍自殺。克瑞昂之妻——優里蒂絲在得知其子已死，下場後即自盡。當克瑞昂帶回兒子屍體時，發現妻子的死亡並得知伊對他的詛咒。他沉痛地表示神懲罰他因其對城邦超過了對家庭的愛，家庭的毀滅與其政治人物的名譽同體並生。從今以後活在世上的只是一具行屍走肉。

⑤《克瑞方特斯》（*Cresphontes*）：是優里匹蒂斯失傳的悲劇。按希臘傳說其為海克力斯之後裔，和其兄弟特墨諾斯達成了數代以來的宿願夢想，瓜分了伯羅奔尼撒，同時也讓他成為麥森尼亞（Messenia）王。不幸，被篡奪者波里方特斯（Polyphontes）所弒，皇后梅瑞普（Merope）亦為所占。僅第三子愛庇特斯（Aepytus）因居阿卡底亞（Arcadia）倖免於難。後來，愛庇特斯企思報仇，喬裝改扮回國，偽稱其殺死愛庇特斯，得到波里方特斯的信任。卻引發梅瑞普的誤會，要為子報仇。趁其入睡，持斧欲殺之，幸賴舊僕及時阻止。母子相認，合謀殺了波里方特斯。愛庇特斯得回王位。

辨識了他是誰之後，就饒恕了他的性命。又如《伊菲貞妮亞》劇中，姊姊及時認出了她的兄弟。再者，如《海勒》中，⑥就在要放棄她的那一刻，兒子認母。⑦正如前面所作的觀察，

---

⑥《海勒》（*Helle*）：作者作品均不詳。可能的相關傳說為俄色瑪斯（Athamas）與女神奈菲麗（Nephele）生下一雙兒女——海勒和佛蕾色斯（Phrixus）。俄色瑪斯續弦之妻伊諾（Ino），本就嫉恨海勒兄妹，再加上擔心王位將來不會傳給她所生的兒子，於是就設計陷害他們。雖未果，兄妹懼，奈菲麗讓他們騎著金毛公羊逃走，但海勒於途中，不慎掉入海裡淹死。從而有海勒斯逢特海峽（Hellespont）之名，即是今日的達達尼爾海峽。但究竟跟亞氏所舉之戲劇情節如何衍生關聯，就不得而知。

⑦誠然，行為只有做了沒做，有意或無意四種情況。但對亞氏就四種方式所形成的悲劇情緒效果，究竟哪一種最好，則持保留和質疑的態度。首先，從邏輯的觀點上思辨其優劣順序，如果按照劇中人物或行動者是否對其親人做出致命的傷害為前提，那麼，第二種必然優於第一種，與亞氏的論斷一致；同樣地，第三種也比第四種為佳。其次，令其親人致死者，究竟知不知道其間的關係，則必然歸因於行動者的品德或性格。既然悲劇模擬之對象要比一般人來得好，其人之不幸非出於邪惡與敗德的行為，所犯之過失或錯誤和他受到的痛苦與折磨不成比例，有不應該遭此懲罰之慨，最能激發哀憐與恐懼的情緒，所以，第三種要比第二種為好。第三，如以實際的例證做比較，索福克里斯的《伊底帕斯王》從希臘到現代，一直是古典悲劇的典範；而優里匹蒂斯的《米迪亞》雖然有些爭議，對其殺子以報傑生之負情背義，感到太恐怖，難以承受，不忍卒睹。唯將其列為偉大的悲劇之林，應無疑義。相對地，亞氏所列舉的三部悲劇最佳範例，雖僅存《戍守在陶力斯的伊菲貞妮亞》而已，但按其情節中最能引起哀憐與恐懼之逆轉和發現的結果來看，就因為姊姊及時得知弟弟的身分而相認，避免了不幸的災禍，甚至成功地返國。近乎傳奇劇或悲喜劇，或被視為開創此類戲劇的先河。當然，這四種方式之價值優劣判斷，是否為後人羼入？或者是亞氏一時糊塗所致？就不得而知。

這就是爲什麼只有少數的家族提供了悲劇的題材。不過，讓詩人在尋找題材建構其情節時傳遞了這種悲劇性質，靠的是運氣，不是個藝術問題。是故，他們不得不求助於這些家族，因其歷史包含了如此動人的事件。

現在關於事件的結構，正確的情節，說得都已足夠了。

第十五章

內容提要

悲劇中的性格元素（作爲道德目的之顯示）。在性格方面的處理有四個目標需要注意。詩人在性格和情節的處理原則相同，故神從天降或不合理的部分應該摒除在悲劇之動作外。

正文

在性格方面有四件可以作爲標的。第一並且也最重要，他們必須是善良的。如同前面所說，性格乃是劇本的一個元素，一個人物說什麼或做什麼都會顯示一定的道德目的；如果目的是顯示善良，性格將是善良的一個元素。這個規則適用於每一個階級。儘管說女人或許是次一等的，奴隸是毫無價值的；一個女人可以是善良的，奴隸亦然。⑵第二個要做到的目標是適當。例如：丈夫氣概地勇武的類型，但是一個女人有英武氣概，或者是狂放不羈的才女就不合適。⑶第三點，性格必須逼近眞實，它跟先前說的善良和適當是不同的特點。⑷第四要讓他們一致並且貫穿全劇；甚至如果模擬的主體是矛盾的類型，他仍然必須一致地呈現矛盾性格。性格沒來由卑劣的例子，有《奧瑞斯提斯》劇中的曼耐勞斯；①(5)性格不相稱與不適合的，如《斯庫拉》②中奧德修斯的慟哭，和麥勒尼普③的臺詞；前後矛盾，例如：《在

---

① 按優里匹蒂斯的劇作《奧瑞斯提斯》（Euripides: *Orestes*，公元前四〇八年）六一八—七一五行，斯巴達王曼耐勞斯（Menelaus）乃阿加曼儂胞弟，奧瑞斯提斯的親叔父，理所當然要為兄報仇，替姪兒行為的正當性作辯護。但是他在奧瑞斯提斯因弒母有罪，可能會被判死刑的時侯，卻表示無能為力而退縮。與其身分地位，倫理親情，沙場老將的經歷都不符合。也沒有解釋他為什麼會有此種態度和作為的理由，從而亞氏以為是該劇之缺失。

② 《斯庫拉》（*Scycella*）係泰蒙修師（Timotheus）所撰之酒神頌。如據取材相同之荷馬史詩《奧德賽》第十二卷的描述：奧德修斯聽信塞西女神的勸告，在兩害相權取其輕的情況下，選擇經過可怕的妖怪斯庫拉的洞口，因其有十二隻腳，全都懸在空中，六顆長頸的頭顱，每個頭各有三排牙齒。她的下半身隱在洞中，頭伸到外面，會從每隻船攫取一人為食。犧牲六人，總比全體覆滅來得好。所以，奧德修斯在航程前沒有告訴水手，免得他們驚慌失措，造成更大的傷害。果如預期，奧德修斯親眼目睹六個能幹的水手被斯庫拉吞食的悲慘景象，甚至看見他們的胳膊、腿已在妖怪口中，臨死前還叫著奧德修斯的名字。亦或者他們攀住岩石拚命掙扎，痛苦地尖叫。當倖免於難的水手於酒足飯飽後，想起被斯庫拉吞食的夥伴而哭泣，直哭到甜蜜的夢鄉。顯然，慟哭者不包括奧德修斯在內，與泰蒙修師的處理不同。因為智勇雙全的奧德修斯超越那些水手之上，如其言行舉止跟一般常人無異，就不合適了。

③ 麥勒尼普（Melanippe）為優里匹蒂斯失傳悲劇的女主角。在戲裡可能有一套聰明機智的說辭，卻無能改變其所處的命運。如從上下文來判斷，亞氏可能列舉兩個截然相反的例證。泰蒙修師筆下的奧德修斯為了六個被斯庫拉吞食的水手慟哭，以當時希臘主流看法，此一行徑有類於女人；麥勒尼普想以理智辯才去解決其困境則為男人的處世態度，均為不合適。

奧呂斯的伊菲貞妮亞》④——因爲伊菲貞妮亞先是哀求免死與後來（又慷慨犧牲）的她完全判若兩人。

⑹詩人性格的描摹與情節的結構處理都一樣，他應該常注意到合乎必然或概然的可能性。因此，其所設定性格的這個人物，在一個設定的方式中，應該按照必然或概然的規律說
1454b 話和做事，正如某件事應該依循必然或概然的序列。⑺從而它是很清楚的，情節的解決，不少於糾結，必須出自情節本身，它必定不是由「神從天降的機器」所帶來的解決——如同

---

④《在奧呂斯的伊菲貞妮亞》（*Iphigenia at Aulis*）乃是優里匹蒂斯最後的劇作之一。可能在其有生之年都未完成（死於公元前四〇六年），據說是他的兒子把它和《戴神女信徒》（*The Bacchae*），以及失傳作品《艾克蒙》（*Alcmaeon*）合起來參加城市戴奧尼索斯祭典之戲劇競賽，並為優里匹蒂斯贏得第五次首獎。本劇動作之前因，是阿加曼儂率領希臘聯軍去攻打特洛伊，行至奧呂斯港，適逢逆風無法啓航。隨軍預言家說是得罪了女獵神阿娣米司（**Artemis**），除非用伊菲貞妮亞獻祭，否則不能解厄。以致阿加曼儂偽稱要將伊許配給阿基里斯為妻，並由克萊騰耐斯特拉帶伊前來奧呂斯舉行儀式。當伊菲貞妮亞得知真相時，苦苦哀求阿加曼儂念在父女親情分上免其一死，甚至無助地抱著尚在襁褓中的奧瑞斯提斯，希望藉由他的哭聲打動伊父，結果只見亞格曼拖著沉重的腳步，走開進到營地（見該劇一二一一—一二五二）。阿基里斯反對也無效。然而在辭別母親獻祭時，卻一反先前楚楚可憐的小兒女的儀態，勸慰母親不要為她哭泣。不要責怪她父親，因為那不是他的本意，犧牲她是為救希臘。所以，不是失去一個女兒，反而成全一個有聲名的女兒（見該劇一三六八—一四六一）。這種沒來由前後不一的轉變，確實是一大敗筆。

《米迪亞》，或者是《伊里亞德》中希臘人的歸來。⑤神從天降應該只用在這部戲之外的事情——由於報告動作的前因或預言後續的發展都超出人類知識的領域，因爲我們承認只有神才能知道一切。在動作的範圍內不能不合理。如果不合理實在不能排除，它就應該安排在悲劇的範圍之外，如索福克里斯的《伊底帕斯》劇中之不合理元素。

(8)復按，悲劇是對一個超出一般水準之上的人物的一種模擬，並以一個好的人像畫家作爲追隨的榜樣。當他們再現其本人的特殊的形貌時，除了畫得逼眞外還要更美些。故詩人也一樣，表現一個人是怠惰的或易怒的或其他性格的缺點時，應該在保留這個類型之外，還可以讓他更高貴些。安格松和荷馬所描寫的阿基里斯⑥就是這種情形。

---

⑤ 按指《伊里亞德》第二卷：宙斯為替阿基里斯伸冤，召一假夢去見阿加曼儂，矯稱奧林帕斯山上的眾神不再爭執，都一致決定讓希臘人占領特洛伊。但在準備交戰攻城之前，要試探一下，宣稱已無法取勝，決定班師歸鄉。士兵們像潮水般地相互喊叫把船拖向大海，準備返航。天后赫拉把宙斯的詭計告訴雅典娜，讓她去阻止這個蠢動。果然，雅典娜自奧林帕斯山火速降臨亞該亞人船邊，見到她所喜愛奧德修斯，立即傳聲給他。隨之奧德修斯拿著阿加曼儂的寶杖勸服了高官貴族，也震懾住士兵，總算解除這場瓦解渙散的危機。顯然，亞氏認為應由情節本身形成糾結或產生危機，如果出自外力或神仙的干預或介入解決，就是不合邏輯，同時也與人物性格無關，因非個人意志抉擇的行為。

⑥ 安格松（**Agathon**）所寫之《阿基里斯》已失傳；荷馬之《伊里亞德》雖有眾多人物，但畢竟以阿基里斯為中心。其人雖有暴躁易怒，驕傲自負，太殘酷重殺戮……種種缺點，但他正直勇敢，光明磊落，重情義輕生死，……他的高貴過人之處更多，是偉大的戰士和英雄。絕非凡夫俗子可比，為亞氏所認定的悲劇英雄的標準或典範。

(9)而後這些規則詩人應當留意。不應忽略這些對感官的訴求，雖然不在本質之列，卻是詩的伴隨附加的部分；於此於彼尚有不少錯誤應該避免，但這在我所發表的論述中已說得夠多了。

第十八章

內容提要

發現有各種不同的形式，且有藝術上的好壞之分。由事件的本身所帶來的發現最好，其次是推理，第三爲記憶，出自詩人任意發揮和記號的發現都不好。

正文

關於發現的一般問題，前面的章節已經解釋過了。現在來列舉其種類。

首先，由於才智的貧乏，少有技巧性的形式，最通俗地用法是——由記號來發現。(2)其中某些是天生的——諸如地生的種族他們的身體上有「槍矛」的標記，①或卡西那斯在其《塞斯特斯》中引介了「星」記號。②其他是出生後才有的某些身體上的表記，如疤痕；某

---

① 所謂地生者（earth-born）出自底比斯的創建神話，據說卡德摩斯（Cadmus）奉父艾吉諾（Agenor）之命，尋找被宙斯拐走的歐羅巴（Europa），依德爾菲神諭跟著一頭母牛走，來到底比斯。因汲水處有猛龍看守，夥伴被殺求救於雅典娜，獲助殊除。後將龍牙埋於地，立即生出一群武士。當其準備攻擊時，卡德摩斯投擲石塊於其中，引起他們的自相殘殺，最後只剩下五人。後來他們與卡德摩斯達成協議，共同建立了城邦。而這群地生者的後裔身上有槍頭的標記。

② 卡西那斯之《塞斯特斯》（*Thyestes* by Carcinus）已失傳，按其為公元前四世紀知名劇作家，可能寫

種外在的表徵，如項鍊，或者像《蒂羅》中因小舟所帶來的發現。③(3)甚至這些或多或少技巧性的處理也能予以肯定。像奧德修斯中自其疤痕帶來辨識，由奶娘發現是一種方式，讓牧豬人辨識是另一種方式。④爲了表現求證的目的而用記號——事實上任何正式的求證有或沒

了一百六十部作品，多次獲獎，均未留下。至於塞斯特斯身上的星記號，可能來自其祖先坦塔洛斯（**Tantalus**）深受神之寵愛，某次宴請諸神，竟殺其子佩洛普斯，並烹煮以饗之。眾神知而不食，只有德墨特（**Demeter**）心懸他事，食其肩肉一片。宙斯令其使佩洛普斯復活，但缺少已食之肩肉，改以象牙代之。從此之後，佩洛普斯的子孫肩膀處皆有斑一塊。可能卡西那斯將其改成星狀記號，劇中其他內容為何，就不得而知。

③《蒂羅》（***Tyro***）係索福克里斯之劇作，業已失傳。她是賽爾蒙紐斯（**Salmoneus**）和艾爾西德絲（**Alcidice**）的美麗女兒。嫁給河神克里修斯（**Cretheus**），但為海神波賽頓玷汙，於交媾後，告知其身分，並預言將產下雙生子。唯吩咐她不可告知其丈夫，故蒂羅將其所生之派利阿斯（**Pelias**）和奈柳斯（**Neleus**）置於小舟漂流。後為人搭救撫養長大，成為宙斯的僕從，擁有廣大的牧地和羊群。至於索福克里斯如何運用小舟帶來情節的發現和身分的辨識，則無從臆測。

④《奧德賽》中疤痕所導致的兩次辨識：第一次（卷十九，三八六—四七五行）是其奶娘為這位遠來的客人洗腳，見到他膝蓋的傷疤，心中又驚又喜，眼裡滿含淚水，用手摸著奧德修斯的下巴說：「當然啦，你就是奧德修斯，我親愛的孩子。想想看，要不是摸了你的腳，我還認不出你哩！」這是年輕的奧德修斯去他的外公奧托律卡斯家玩，與其表兄弟一起上山去打獵。一頭凶猛的野豬從窩裡衝出來，奧德修斯首先下手，一槍刺去，野豬迅速閃開，並且一口咬住他的膝蓋上面，還好沒有傷到骨頭。奧德修斯隨即刺中野豬的肩頭，跟著殺死了牠。傷雖痊癒，卻也留下了傷疤。第二次（卷二十一，二○五—二二五）是奧德修斯為了要兩個忠實的僕人牛倌和豬倌幫助他，對付那幫住在他家向他妻子求婚，欺侮他兒子的傢伙展開報復

有記號——是一種比較少藝術性的辨識模式。一種比較好的方式，是由事件的一種轉變帶來的發現，有如《奧德賽》中的洗腳場景。

⑷接下來要談的辨識是出自詩人隨意發揮，算起來也是藝術上的欠缺。例如：在《伊菲貞妮亞》中的奧瑞斯提斯揭開了眞相，他就是奧瑞斯提斯。實際上，由於她要送書信所以讓她自己的身分暴露；但是，他說出自己，卻是詩人要求他說的而不是情節。⑤因此，這幾乎跟上述的缺點差不了多少，奧瑞斯提斯的情況——如用記號所帶來的發現。另外類似的例子是索福克里斯的《泰瑞斯》劇中的穿梭聲。⑥

行動，故示以傷疤來證明他的身分。果然兩人仔細審視後，一起哭了，並摟住奧德修斯的脖子，親他的頭和肩膀。亞氏認為第一次是從洗腳這件事中，奶娘看到傷疤，自然而然發現奧德修斯的身分；而第二次是出於奧德修斯自己的意志，他可以選擇其他方式得到僕人之助。其次，如果從邏輯的觀點來推論，膝蓋上面有傷疤的可能有不少人，總不能說個個都是奧德修斯。又比方說有意欺矇者也可以事前製造出類似的傷疤。所以，前者優於後者。

⑤ 亞氏認為發現或辨識，應出自情節或事件本身的必然或概然的可能性，而非作者任意或武斷地決定。否則人物就沒有生命，變成了作者所操控的傀儡，當然也就沒有性格了。所以，他指出《戍守在陶力斯的伊菲貞妮亞》中，兩種發現的情況，後者藝術性比較低，因為奧瑞斯提斯要不要和伊菲貞妮亞相認或者採取其他方式證明他自己的身分，不必然像現在由奧瑞斯提斯說出伊菲貞妮亞所知道的事，讓她從經驗和記憶中，去確認是她的弟弟奧瑞斯提斯。

⑥ 索福克里斯之《泰瑞斯》（*Tereus*）現已失傳。其故事題材出自希臘神話，泰瑞斯係戰神之子，色雷斯

1455a

(5)第三種是靠記憶，當看到某物喚起一種情感；如在戴克俄革耐斯的《塞埔路斯人》，⑦主人翁在看畫時忍不住流淚；或者再舉出在「阿爾辛諾斯〈講述〉的故事」中，⑧

（Thrace）的君王。娶了雅典潘迪翁（Pandion）的女兒波可耐（Procne），育有一子。某次泰瑞斯訪問雅典，見到波可耐的妹妹費蘿曼拉（Philomela）容貌甚美而動心，佯邀其去色雷斯與姊姊小聚一段時光。費蘿曼拉自是不疑有他，欣然隨之。不料，半途泰瑞斯強暴她，又恐醜事敗露，割去其舌並將之囚禁。費蘿曼拉織錦一幅，託監禁之老嫗送給皇后波可耐。織錦中暗藏圖畫盡訴其被害之原委，波可耐知悉後怒不可遏，為報復泰瑞斯竟殺其五歲的兒子伊地樂司（Itylus），且烹煮以饗其父。當泰瑞斯食後，費蘿曼拉才將伊地樂司的頭顱置於餐桌上。泰瑞斯恚怒交加，持劍追殺兩姊妹，未果，神出面調停，亦難和解。最終，泰瑞斯化為鷹，費蘿曼拉變成夜鶯，波可耐則為燕子。另有一說其姊妹所化之鳥與前述對調才是。他們的叫聲表達了永恆的激情與痛苦，也帶給詩人無窮的想像，諸如：莎士比亞（Shakespeare）、米爾頓（Milton）、濟慈（Keats）、王爾德（Wilde）、艾略特（Eliot）等等，都將其幻化成精彩的篇章。此外，原本在傳說中費蘿曼拉是以織錦的圖畫，向姊姊訴說冤情。但按亞氏所云索福克里斯之《泰瑞斯》，改用織布的梭子聲音來傳達訊息。可能的原因是如果按照原來的方式，在容納一萬五千多個觀眾的雅典酒神劇場中演出，根本看不清楚。代之以聲音來傳達其效果可能會比較好，唯其細節，究竟如何，則不可知。

⑦ 戴克俄革耐斯（Dicaeogenes）之《塞浦路斯人》（*The Cyprians*）：係公元前五世紀後半葉劇作家之作品，但已失傳。可能採用艾傑克斯（Ajax）同父異母弟特烏塞爾（Teucer）的故事編寫而成。肇因於艾傑克斯羞憤自殺，其父責怪特烏塞爾未為兄弟復仇，將其逐離。於返回薩拉米斯的途中，見到父親畫像時，感傷落淚，因而發現其身分。

⑧ 所謂「阿爾辛諾斯〈講述〉的故事」（Lay of Alcinous）應是《奧德賽》卷八，奧德修斯在國王阿爾辛諾斯的宮殿，享用美食，觀賞競技、歌舞、各種表演時，他要求盲人地蒙道克斯（Demodocus）吟唱雅典娜

奧德修斯聽到藝人彈奏七弦琴〈吟唱〉時，回想過去而流淚，因此辨識。

⑹第四種由推理而來的發現。就像《奠祭者》有云：「跟我相似的某個人來了，除了奧瑞斯提斯之外，再沒有人跟我相似，所以奧瑞斯提斯來了。」⑨諸如此類者，亦見於詭辯家波里戴爾斯在劇中對伊菲貞妮亞所造成的發現。因爲會造成奧瑞斯提斯一種很自然的反省，「所以，我必定像我姊姊一樣死在祭壇」。⑩再舉一例，塞奧戴克特斯的《提丟斯》，父親說：「我來找我的兒子，卻失去我自己的生命。」⑪也見於《菲耐德》：婦人們在看到地點

幫助埃佩阿斯製造木馬的故事，亞該亞人如何跳出馬腹，蹂躪特洛伊的種種事蹟。講到精彩處，奧德修斯忍不住哭了起來，淚流滿面。引發阿爾辛諾斯追根問底，揭露了他所隱藏的身世之謎。

⑨見埃斯庫羅斯之《奠祭者》（*Choephoroi*）一六八—二一一行，伊萊克特拉至其亡父阿加曼儂墓前奠祭時，因見到一綹頭髮和兩行腳印與她的如出一轍，從而推斷是她弟弟奧瑞斯提斯已先她一步前來奠祭。希臘人的這一個推論前提，倒是在今天的科技領域中得到確認，寧非趣事。

⑩拜氏（I. Bywater）等人譯為「...Or that which Polyidus the Sophist suggested for Iphigenia」；而布氏（S. H. Butcher）「Such too is the discovery made by Iphigenia in the play of Polyidus the Sophist」。顯然，不是給優里匹蒂斯建議，而是他所寫的戲。事實上，公元前五世紀末四世紀初，有位知名的酒神頌詩人波里戴爾斯。至於他是否也是位辯士就不得而知了。

⑪塞奧戴克特斯之《提丟斯》（*Tydeus* of Theodectes）是公元前四世紀的劇作家，曾師事柏拉圖，也是亞里斯多德的朋友和學生。他可能寫了五十多部戲，得過八次獎，可惜作品已散失，僅餘亞氏所提及者。

後，推論其命運「我們註定要死於此地，因爲這兒曾經是我們被遺棄的地方」。[12] (7)此外，這兒還有一種合成的發現糾纏在人物之一部分錯誤的推論上，如「奧德修斯裝信差」的場次。A說「沒有別人能彎這張弓……因此B（奧德修斯所化妝者）想像A」[13]將認出這弓的主人，事實上，他並沒有；由此方式所帶來的一種發現——預期A將認出這弓——是錯誤的推論。

(8)然而，在所有的發現中，最好的是來自事件的本身，驚奇的發現是由自然的方式所帶來。諸如索福克里斯的《伊底帕斯》，和《伊菲貞妮亞》劇中的發現；因爲它是自然的，伊菲貞妮亞應該想送一封信回家。這種發現要單獨運作，避免用記號或項鍊或護身符等人爲符號的輔助。其次是推論過程中的發現。

---

⑫《菲耐德》（*Phineidae*）作者作品都佚名。除亞氏所引外，內容如何都不清楚。

⑬「奧德修斯裝信差」（Odysseus Disguised as a Messenger）可能是一部羊人劇（satyr play）。作者作品均不知。此處有殘缺，今依布本譯成中文。拜氏的英譯如下："He said he should know the bow—which he had not seen; but to suppose from that that he would know it again (as though he had once seen it) was bad reasoning.", pp. 244-245。

第十七章

內容提要

詩人在寫作時有下列三點值得注意：⑴在建構情節和想出適當言辭中，應將其場景放在眼前。⑵盡最大的努力運用姿態表情，唯有共鳴最具說服力。⑶步驟是先草擬概括的大綱、再填進插話、最後加強細節。

正文

在建構情節和想出其適當的言辭中，詩人應盡可能將其場景放在眼前。在此方法中，會非常生動地看見每件事，就好像他是動作的一個觀察者，他將發現什麼是其中應保持者，以及最討厭見到的矛盾。這個規則的失誤將會暴露出像卡西那斯爲人所詬病的缺點，安菲阿羅斯在神廟回來的路途。①這種缺失在沒人在場觀察的情況下容易忽略，但在舞臺上，這個疏忽會讓觀眾惱怒，戲也因此失敗。

---

①關於卡西那斯（Carcinus）見第十六章註②，《安菲阿羅斯》（*Amphiaraus*）為其失傳的作品。亞氏所指出的缺失，已無法檢證。

⑵再者，詩人在設想他的劇本時，應充分運用適當的姿態表情；因爲他們感覺到的情緒在透過其所表現的人物產生自然的共鳴，才是最具說服力的；某人陷入感情的風暴，某人憤怒的發狂，都賦予最逼近眞實的表現。因此詩蘊含著需要一種特殊稟賦者或者有一種瘋癲傾向的人。②按第一個情況此人能採用任何性格的模子，而另外一個情況使得他從其獨特的自我中提煉。

1455b

⑶就故事來說，詩人採自現成的或者是他自己所建構的，他都應該首先草擬其概括的

② 亞氏認為詩需要特殊天賦或有瘋癲傾向的人（a strain of madness），並非其創見。源自古老的信仰，柏拉圖對話錄《斐德羅》篇已指出迷狂（manic）是上蒼的恩賜，一份珍貴的禮物。首先是預言術（mantic），神靈附身作出的預言要比依據徵兆所作的預言要完善得多，並且具有更高的價值。其次，由於先人的罪孽，其家庭的某些成員會因此發瘋，遭到災禍疾病之類的天譴。為了找到攘除的方法，得向神靈禱告，舉行贖罪除災的儀式。當受害者進入迷狂狀態，就能永遠脫離各種苦痛孽海。是故，這種迷狂對受害者來說是一種神靈的庇護和拯救。神靈附體或迷狂還有第三種形式，源於詩神。繆思憑附於一顆溫柔、貞潔的靈魂，激勵它上升到神飛色舞的境界，尤其流露在各種抒情詩中，讚頌古人的豐功偉業，垂訓後世。若是沒有這種繆思的迷狂，任誰想去敲開詩歌的大門，要成一位好詩人都不可能。若把詩人迷狂時所作的詩歌，與其神智清醒的作品相比，後者就黯淡無光。第四種形式為愛的迷狂，是最高級的。以上四種神聖的迷狂，分別歸因於四位神靈：預言的迷狂源於阿波羅（Apollo）的憑附；祕儀的迷狂出於戴奧尼索斯（Dionysus）：詩歌的迷狂源自繆思（Muses）：愛的迷狂則來自愛芙羅黛（Aphrodite）和厄洛斯（Eros）（參見《柏拉圖文集》，卷二，王曉朝譯，臺北：左岸，二〇〇三，頁一五〇—一七四）。

大綱，然後填進各個插話，並增強細節。關於概括的大綱或許可用《伊菲貞妮亞》來說明。一個年輕的女孩被犧牲；她從犧牲她的那群人的眼前神祕地消失；她被送到另外一個國家，該國在習俗上是要把所有的異鄉人獻給女神。她授命執行這項任務。後來有一次她自己的兄弟偶然來到這裡。事實上爲了某種理由神諭命令他到那兒去，但這是劇本概括的大綱之外的事。再者，他來的目的不屬於動作特定的範圍。無論如何，他來了，他被擒住，然而就在要去獻祭的關頭，揭露了他是誰。這個發現的模式可以是優里匹蒂斯或波里戴爾斯的，③在那些劇本裡他都自然地驚呼「這樣就不只有我姊姊，連我也是，我們註定是祭品」，隨著他的感慨獲救了。

(4)人名是從前就有的，接下來是要充實各個插話。我們必定要見到他們與動作的關聯，例如：在奧瑞斯提斯的情況裡，由於他的瘋狂讓他被捕，而他的獲救是利用了淨化儀式。④(5)在戲劇中，插話是短的，但是這些到了敘事詩裡就擴大延伸。因此《奧德賽》的故

---

③ 參閱第十六章註⑩。

④ 如前註中柏拉圖所提出之迷狂第二種形式，成為奧瑞斯提斯故事發展的邏輯依據。《戍守在陶力斯的伊菲貞妮亞》劇中有關奧瑞斯提斯發瘋一節，是由當地土著向女祭司報告：這時有一個外鄉人離開了石洞，站著不動，一上一下的搖著他的頭；大聲哭喊，連指尖都顫抖起來，他發了瘋。像獵人喚狗那樣高呼：「佩雷德斯，你看見她嗎？你看不見這地獄裡的毒蛇嗎？她想殺我，叫那可怕的小蛇張口來咬我。還有一條蛇

事能簡短地陳述。有一個人離家許多年，他遭神嫉，在波賽頓⑤的監視下孤獨流放。其時他的家庭又處於一個不堪的誓約中——求婚者正在耗費他的家產並陰謀打擊他的兒子。他歷經重重劫難，終於孑然一身歸來；他讓特定的人認出了他；然後親自動手攻擊求婚者，在殺了他們之後還能倖存下來。這就是情節的精華；其餘是插話。

從她的衣袍底下噴著烈火與殺氣，她用手臂挾著我母親，飛到石山上要把她拋下來，唉呀！她來殺害我了！我要往那裡逃啊？」

當然沒人看見有什麼蹤影，只是他自己聽了牛鳴犬吠，說是那復仇女神叫的。

我們害怕的擠在一起靜悄悄地看著，做最壞的打算。但見他抽出了劍，像雄獅一樣撲進了小牛群，刺傷了牠們的腹部，而他相信在跟復仇神博鬥。隨後海水裡冒出了血花來。眼見他殺了我們的牛，就吹起海螺招集居民來對付他們。……後來那個外鄉人脫離瘋病，倒在地上，臉頰滿是白沫；另外一個年輕的外鄉人為他擦拭，很友愛地看護他……於是我們俘擄了他們並交給了國王（二八一—三三四行）。同時在伊菲貞妮亞與奧瑞斯提斯姊弟相認後，伊菲貞妮亞就從利用他的瘋狂做成一個詭計。向陶力斯王報告這個來自阿戈斯犯下弒母大罪的外鄉人，褻瀆了神像，不適合作為獻祭的犧牲品。她必須要帶到海上去洗滌，用火炬薰潔神廟的屋宇，所有的族人都應迴避，免得受害。因此展開姊弟的逃生行動，以致獲救（自該劇一一三一行往下開始進行）。

⑤波塞頓（Poseidon）：即海神，為克羅諾斯（Cronus）和雷爾（Rhea）之子，宙斯之兄弟，乃奧林帕斯十二大神之一。與宙斯一般心性，好漁色，感情糾葛不少。祂之所以折磨奧德修斯，不讓他回家，也是因為祂的風流種子獨眼巨人，被奧德修斯刺瞎了眼，亟思報復所致。事見《奧德賽》卷九，以及優里匹蒂斯之羊人劇《獨眼巨人》。

第十八章

內容提要

悲劇的詩人應仔細經營其情節的糾結與解開。如果可能，詩人應盡力結合所有詩的元素，如果不能做到也要選擇最多和最重要的。敘事詩的長度和複雜性不宜變成一部悲劇。合唱團應該當作演員之一；爲整體的一部分，參與動作。

正文

每部悲劇包含兩個部分——糾結與解開或解決。事件從外部連接到動作又常與動作有關的部分結合在一起，形成糾結；其餘則爲解決。所謂糾結我意指所有從動作的開始延伸到標示爲轉向幸或不幸的命運之關鍵點。解決是從轉變的開始延伸到結束爲止。是故，在塞奧戴克特斯的《林扣斯》[①]中，其糾結包括預定在戲劇中發生的事件，這個孩子的被捕，然後再來**〈雙親〉〈解決〉[②]從謀殺的指控延伸到結束。

① 請參閱第十一章註②。
② 此處有殘缺。

1456a

(2)按悲劇有四類：③複雜的，完全地建立在情境的逆轉和發現；悲慘的（其動機爲受

---

③ 亞氏於此所作之悲劇分類，值得商榷之處不少，並且沒有自圓其說。今略作檢討，陳述如次：首先是版本有異，布氏（S.H.Butcher）譯成「...the Complex, Pathetic, Ethical, and the Simple; ...」；拜氏（I. Bywater）「**...the complex Tragedy, the Tragedy of suffering, the Tragedy of character, and that of Spectacle; ...**」；修氏（J. Hutton）除了第四類名稱從缺外，其他三類大致同拜氏；高氏（L. Golden）與拜氏同。唯各類名稱雖然有異，但所舉例證相同。也就近乎名異實同，非枘圓鑿方。可能相容的類別有二：一是布氏版第二類Pathetic後附有「**where the motive is passion**」之解釋，而passion本有受難之意，故與拜氏受難的悲劇同義。布氏版第三類稱「**Ethical**」與拜氏「**the Tragedy of character**」不同，但據《詩學》第六章有：「性格是以揭露道德為目的，顯示一個人選擇與避免的事物的種類。」所以在意義上並無多大差別。但第四類布氏於附帶解釋中有「**We here exclude the purely spectacular element**」，排除純粹由場面所構成的悲劇。布氏的堅持並非無理，事實上，亞氏雖將場面列為悲劇六要素，但也認為它的藝術性較低。又在第十四章中討論悲劇基本情緒——哀憐與恐懼時，再次強調「僅從場面產生這種效果是較少藝術性的方法，並且是靠著外來的輔助。他們利用場面的方式創造的不是一種恐怖感而是怪異，就悲劇的目的而言是外行」：既然悲劇的效果自情節中產生是比較好的方式，而情節又分成單純與複雜兩類，依此做出悲劇的分類，當屬順理成章之事。同時，所謂「受難的悲劇」也可能是從情節的第三部分受苦或受難（suffering）一詞中引伸出來，惜亞氏於此並未言詮，故不能全然斷定。

此外，亞氏於第二十四章中有：「再者，敘事詩與悲劇有同樣多的種類：它必定為單純的或複雜的或倫理的或受難的。」似乎布氏所譯較為正確，但第四類所舉之例又未必得證，將於註⑧、⑨、⑩再論。

其次，拜氏版本有「**There are four distinct species of Tragedy—that being the number of the constituents also that have been mentioned...**」，關於構成悲劇的數種元素確實已在第六章中說過，但與此四類悲劇無法完全吻合或一致。而亞氏也未有進一步或後續的說明，以致徒增困惑難解之處。

難的）如艾傑克斯④和伊克西恩⑤等悲劇；倫理的（其動機是倫理的）諸如《弗西亞的婦女

④《艾傑克斯》（*Ajax*）：按Carcinus, Theodectes, Astydamas等人有同名劇作，可惜均未留傳。現存為索福克里斯之文本，寫作年代雖不確定，但有可能早於公元前四四二年，頗能說明其早期模式與風格。艾傑克斯在希臘將領中是僅次於阿基里斯之孔武有力者，所以，當武藝最高者過世後，他認為瘸神所造的盔甲理所當然歸他所有。不料，領袖會議中投票決定授予奧德修斯這份殊榮，讓驕傲自負的艾傑克斯難以接受，甚至視為一種屈辱。在憤憤不平之際，竟然要謀殺阿加曼儂、曼耐勞斯等統帥。此舉自是嚴重的叛逆行為。雅典娜得知後迷亂其感官神智，誤將牛群牲口當作眾將領加以屠戮，錯把綑在柱子上的老公羊認為是奧德修斯給予懲罰。雅典娜讓觀眾看見她，卻只用聲音告訴奧德修斯有關艾傑克斯的情況，以及她所扮演的角色。當艾傑克斯清醒之後，發現自己荒唐可笑的行徑，羞愧難當，決定自殺，以雪恥辱。儘管他的族人——這些來自薩拉米斯的水手（扮演合唱團的角色）仍然認為別人出於嫉妒，深信其偉大和高貴。而他的妻子泰麥莎（Tecmessa）是一個俘擄，其家人俱為艾傑克斯所殺，但她表示此時的他是她的一切，為伊之父兄和夫君。她溫柔體貼地勸解艾傑克斯要忘掉過去的種種，帶其幼子優里塞克斯（Eurysaces）返國。然而，艾傑克斯心意已決，完全聽不進去，反倒是交待泰麥莎於其死後攜子到薩拉米斯去。囑付幼子的遺言和最後的結語很是精彩：「我必定要走自己的路；下次你將會聽到我一切平安的消息，因為所有的苦難都度過了。」在他走出營地後，果如先前所言把得自赫克特的劍埋於港口，向他的對頭控訴不公，自刎而死。在泰麥莎找到艾傑克斯的屍體，其同父異母弟特烏塞爾（Teucer）要埋葬兄長時，麥耐勞斯（Menelaus）前來阻止，認定其為叛逆，甚且出言侮辱。譏諷特烏塞爾只是個小小的弓箭手，而特烏塞爾也不甘示弱，回敬其為懦夫。接著阿加曼儂亦來制止，認為此舉將鼓舞叛亂分子。所幸，奧德修斯說服統帥阿加曼儂收回命令，准予安葬。但特烏塞爾也拒絕奧德修斯的參與，認為他畢竟曾是其兄長的敵手。特烏塞爾此舉避掉了感傷場面，再則大約很了解艾傑克斯的心性脾氣，即令在地獄中相見時，艾傑克斯也是背對奧德修斯不發一語（事見《奧德賽》卷十一）。這部戲最有爭議的地方自是艾傑克斯在進行到三分之二時就已死去，但反過來說也是其特色！

⑤《伊克西恩》（*Ixion*）：埃斯庫羅斯和優里匹蒂斯有同名的劇作，但未留傳下來。按希臘神話傳說中的

們》[6]和《派琉司》。[7]第四種是單純的（此處我們排除純粹用場面的元素），以《夫爾西

伊克西恩雖是塞色雷（Thessaly）的國王，卻以犯罪為樂，也被埃斯庫羅斯視為最早的謀殺者。他為了不要背棄承諾給岳父的禮物竟然弒親。當宙斯為其淨罪後，他色膽包天計畫誘姦赫拉（Hera），幸為宙斯防止。因而製造一個赫拉的雲形，讓他去行魚水之歡，成為馬人怪物一族的祖先。由於他作惡多端，又無悔改之心。宙斯先以霹靂擊之，並命赫爾米斯（Hermes）以巨蛇將其綑綁於地獄之輪，做永不止息的轉動，其苦痛悲慘可想而知。

⑥《弗西亞的婦女們》（*Phthiotides*）是索福克斯失傳之作。因弗西亞（Phthia）係塞色雷（Thessaly）的名城，為阿基里斯（Achilles）的出生地。此劇有可能取材於其家族或與其有關的故事。

⑦派琉司（**Peleus**）為**Aeacus**和**Endeis**之子，偉大戰士阿基里斯之父，**Myrmidons**王。女神**Thetis**下嫁給他的婚禮，眾神都來參加祝賀。唯獨**Eris**未獲邀請，要獻金蘋果給最美麗女神，於是引發赫拉、雅典娜、愛芙羅黛爭奪第一之榮銜。但都許諾裁判帕里斯好處，勝利者愛芙羅黛因此協助帕里斯得到海倫，爆發了遠征特洛伊的十年戰爭。他比其子孫的壽命還長，一生的經歷既曲折又豐富。早年因殺害同父異母弟被父親逐離故鄉。娶歐律提翁（**Eurytion**）之女安蒂岡妮（**Antigone**），在卡呂冬狩獵中，意外殺死了岳父，不得不出亡，投奔友人阿卡斯托斯（**Acastus**）。不料，阿卡斯托斯的妻子阿斯娣達米亞愛上派琉司，在遭到拒絕後，顛倒是非黑白。偏偏阿卡斯托斯信以為真，設計陷害，派琉司僥倖逃脫。憤而攻下城池，殺了阿卡斯托斯和其妻子，碎其屍。而後再娶了海洋女神塞蒂絲為妻。索福克里斯和優里匹蒂斯有同名之作，但都沒有留傳下來，內容如何無從揣測。既是悲劇就絕不會是那場著名的婚禮，究竟要顯露哪一種倫理意圖和目的，又表現什麼樣的性格的悲劇，可以作為這類悲劇的代表？

德斯》，⑧《普羅米修斯》⑨爲例，和置於地獄的場景。⑩(3)如果可能，詩人應該盡力結合

---

⑧《夫爾西德斯》（*Phorcides*）為埃斯庫羅斯之劇作，但已不傳。夫爾西斯（Phorcys）是海神（Pontus）與地神（Gaea）之子，西圖的丈夫。希臘人慣稱為海老，乃眾海怪海妖之父之王。夫爾西德斯三姊妹即為其女，生下來就長了一頭灰白髮，共用一眼一齒。通常她們都生活在海洋稍遠的岸邊處。此外長得像龍又有翅膀的三戈更（Gorgons），能令人忍不住回頭望他們，結果變成一塊大石頭；海妖西倫（Sirens）會發出迷魂的聲音和歌唱引誘水手投海，從來沒人知道她們長什麼樣，因為看見的人都死了；凡此均屬海老一脈所傳，而且族繁不及備載。如將其置於舞臺，應該在視、聽技術方面有所發揮，亦即場面效果的因素居多之悲劇。

⑨《普羅米修斯》（*Prometheus*）：拜氏以為是埃斯庫羅斯之劇作，可能以普羅米修斯為模擬的對象，完成 *Prometheus the Fire-Bearer, Prometheus Bound, and Prometheus Unbound*等三部曲，甚或是再加上一部羊人劇參賽。唯現存之《被縛的普羅米修斯》可能是其中的第二部。戲一開場威力神和暴力神就把普羅米修斯押解到高加索的懸崖上，一面數落他不應該違背宙斯的旨意盜火給人類，一面用鐵錘把他釘在岩石上；一個冷酷無情語帶嘲諷，赫菲斯托斯則同情普羅米修斯的處境對執行命令感到無奈。而普羅米修斯的態度始終不變，一則認為自己教會人類各種技藝並把火種留下來根本沒有錯，再則他幫助宙斯推翻上一代的統治者得到權力，不但沒有賞賜，如今還要暴力相加，完全不能接受，絕不會屈服。甚至揚言宙斯終會低頭，因為他才能預知哪一樁婚姻、哪一個後代會危及政權，如何防止。所以他雖然痛苦、不滿、怨恨卻篤定得很，從容面對同情他的河神女兒們而不感傷，還能平靜地指點不停漂泊，飽受牛虻叮咬的伊奧。告訴她未來行經的路線，如何避開海怪凶險，會留下什麼里程碑供世人憑弔。最後的歸宿將在尼羅河口沙洲上的卡諾波斯城，宙斯會恢伊奧的本來面目，伊奧的後代能解救普羅米修斯。或許是其預知能力，使得他在劇終時面對宙斯的神差——赫爾米斯命令他說出哪一個會推翻其權力的寶座時，傲慢地拒絕了。即令威脅他說宙斯會用雷電劈開峽谷，以岩石壓擠他的身體，掩埋很久才能再見陽光。那時候宙斯會派來長了翅膀的

所有詩的元素；如果不能做到也應選擇最多和最重要的；因爲包含愈多，在面對吹毛求疵的批評時愈有利。至今公認的好詩人都是各擅其勝，現在的批評家卻期望一個人能在好幾方面都出色勝過他人。

談到一部悲劇之異同，最好是用情節做試金石。相同與否就看其糾結和解決的部分。有許多詩人打結做得很好，卻做不好解開它的工作。無論如何，兩種技巧都應該能充分掌握。

(4)再者，詩人應該記住以前常說的，不要把一部敘事詩的結構變成一部悲劇，所謂一

狗，貪婪地撕咬普羅米修斯的肉，扯成一條一條成天吃個不停；血紅的鷹每日都來食其肝腸，同時也會不斷長出新肉和肝臟，使得刑期和懲罰永無止境。當普羅米修斯依然頑強抗命，宙斯也動怒發威，在雷電中全都消失不見。從以上情節的發展看來，並無急轉與發現，係屬單純情節。然而，普羅米修斯本為巨人族，一開場就被釘在岩石上一動也不能動，為了要讓觀眾看得下去，並引發哀憐與恐懼之情緒，勢必要擴大其為人類受苦的悲劇英雄的形象。歌隊所扮演的河神女兒們乘飛車自觀眾右方進場，下車後進入場中；奧克阿諾斯乘飛馬自觀眾右方上場；伊奧自觀眾左方進場，她可能頭上插兩隻牛角，或者其他能夠顯示出她是一個不停漂泊，飽受牛虻叮咬而逃亡的母牛；神差赫爾米斯從空而降；普羅米修斯在雷電中消失，歌隊也跟著不見了；凡此種種都是場面會產生的效果，是悲劇的還是怪誕，倒是不易斷言。

(10)大致上說來，在希臘神話中由哈得斯（Hades）所管轄的死者棲居之所——地獄或冥府，雖然比起基督教、佛教，或中國傳說中的陰曹地府不那麼可怕和令人厭惡，但也絕不是一個愉快讓人嚮往之地，更何況懲罰的方式也會令鬼魂十分痛苦和畏懼的，就像伊克西恩等。是故置於地獄受罰的場景，只要主人翁不是一個十惡不赦的壞人，或多或少都會激起一些悲劇的情緒反應。

個敘事詩的結構，我意指具有一個多樣情節模式——例如：就好像你用整個《伊里亞德》的故事去編成一部悲劇。在敘事的詩篇中，由於它的長度，每一個部分都應有其適當的量。在戲劇中若做相同的處理，結果會對詩人大失所望。(5)證據是詩人要把特洛伊的淪陷整個故事戲劇化，取代像優里匹蒂斯僅選擇一部分，或者有人採用尼娥北⑪的整個故事，而不是像埃

⑪ 尼娥北（Niobe）為坦特樂司（Tantalus）和唐妮（Dione）的女兒：派樂普斯（Pelops）的妹妹。她嫁給最好的演奏者安飛揚（Amphion），夫妻恩愛，生下十兒十女（一說七兒七女），個個聰慧美麗。人人稱羨，令她高傲自滿。竟然在一次祭典中告訴底比斯人不要再供奉蕾特（Leto）了，因為她不過生了阿波羅和阿娣米司一對雙胞胎，比起她尼娥北還差得遠，而且不久之後又會有同樣多的兒媳和女婿。即令女神要奪取她一兩個子女，但也不致於像蕾特一樣少。這下可激怒了蕾特，並鼓動其一雙兒女，如果容忍人類這樣傲慢無禮的對待，她就會從古老的神壇上被趕出去。阿波羅告訴母親別再悲痛了，免得耽誤了懲罰的時機，阿娣米司也立即附和。兩位神祇火速穿雲而過，剎那間來到卡達摩斯城。只見尼娥北和安飛揚的兒子們在城外的空地快樂地騎馬駕車，角力遊戲，不耕不種。阿波羅劍及履及，箭無虛發，把尼娥北兒子一一射死。即令最小的兒子苦苦哀求饒恕，但開弓沒有回頭箭，依然不能倖免。安飛揚聽到惡耗，無法承受自刺心窩而死，尼娥北難以置信神祇真會這麼殘忍，竟然剝奪她所有兒子的命。她飛奔到現場，親吻他們冰冷的遺體。悲憤地要求蕾特也把她送進墳墓，才是真正的勝利。當她的女兒們披頭散髮，穿著喪服，圍著死去的兄弟哭泣。尼娥北忘記了傷痛，忍不住再度藐視蕾特表示：雖然，失去所有兒子，處於不幸，還是比蕾特富有！不料，話才說完，弓弦就響，她的女兒又一個個倒下，全不留情。悲痛使得她的身心一寸寸僵硬地死去，變成頑石的她眼淚卻流個不停。一陣暴風將她吹到空中，飛過大海，回到老家。站在懸崖上，白天靜靜地站著，晚上默默地流淚。

斯庫羅斯用她的故事的一部分，將會全然失敗或者是在舞臺上遭遇挫折。甚至安格松眾所周知的失敗就出自這個缺點。在其情境的逆轉中，他顯示出一種奇蹟式的技巧努力去迎合一般人的品味——產生一種能夠滿足道德感之悲劇效果。⑹這種效果之所以產生，是由於一個奸滑的流氓像薛西佛斯，⑫居然被哄騙或者是一個厲害的壞蛋竟被打敗。這樣的一件事或許應了安格松所謂可能一詞的意思，他說：「它是可能的，有許多事應該在沒有概然性的情形下發生。」

⑫薛西佛斯（Sisphus）是埃樓司（Aeolus）的兒子，艾山馬斯（Athamas）和塞勒芒紐斯（Salmoneus）的兄弟，梅蘿普（Merope）的丈夫，子女有格勞克斯（Glaucus）、奧尼胸（Ornytion）、新諾（Sinon）等。奧德修斯在冥府中見到薛西佛斯雙手奮力托著一塊巨石，胼手胝足地推向山峰，但在他到達頂上，反身往回走的時候，巨石也跟著滾下來，又到了平地。真是塊無情的頑石！他雖已汗流浹背，塵土罩頂，依然賈其餘勇，再度舉起它來，用力向上推（《奧德賽》卷十一末）。荷馬於此並未說明他受罰的原因。唯據傳聞略舉數件，可見其為人於一斑。諸如：他強暴兄長塞勒芒紐斯的女兒蒂羅（Tyro），而這位烈性的姪女憤而殺其亂倫的子女；曾把宙斯誘拐艾吉娜（Aegina）一事，告訴其父艾叟普斯（Asopus），此舉是對是錯，倒也難說得很；以詭計把死神鎖起來，以致數年未有死人，後來由戰神將死神釋放出來，不但恢復舊制，並且也把他自己逼得面對死亡；臨終前囑咐妻子，不可舉行葬禮，也不可祭拜，到了冥界反誣妻子違反習俗，太過無情，懇求回到人間報仇，結果一去不復返，冥王只好再命神差赫爾米斯擒拿到案。凡此種種行徑的確稱得上是個狡猾、奸詐、搗亂、卑鄙、無恥的小人，但也不能算是大奸大惡之巨擘。希臘三大悲劇家都寫過薛西佛斯，可惜均未留傳。倒是卡繆的《薛西佛斯神話》不只是他最重要的哲學思想論述，也是存在主義的經典之一。

(7)合唱團也應當作爲演員之一；它應該是整體的一部分，參與動作，要像索福克里斯所處理的樣式，而不是優里匹蒂斯。正如近來的詩人，其合唱歌與這部戲的主題少有關聯，跟其他任何悲劇放在一起亦無不可。因此，他們只是把合唱歌作爲插曲——實際上是首先從安格松開始的。採用了這樣的合唱插曲與轉換一段臺詞之間，甚至是一整段，從一齣移到另外齣戲有什麼不同嗎？

第十九章

內容提要

悲劇中的思想與措辭。在戲劇臺詞中所揭露的思想應遵照修辭學的規則編寫。同時臺詞與事件要採取相同的觀點處理，使對象能激起哀憐與恐懼的情緒，達到悲劇特定的效果。關於措辭是對語調模式表現的一種探究，唯此種知識屬於演說術的專業領域，而不是詩的。

正文

悲劇的其他部分都已討論過了，剩下要說的是思想和措辭。關於思想，我們可以採用《修辭學》裡已經說過的部分，因爲對這個主題的探究，嚴格地說來，屬於修辭學的範圍。①

① 亞氏將「修辭學」界定為：「對每一個主題所有可能說服的一種思慮的能力。……而言辭說服的方式有三種：第一出之於說話者的性格；其次取決於聽話者的某種傾向；第三是對事物本身的論述，它的證明合理，或者似乎得到證實。」（引自Rhetoric Book1, Chap. 2）此間所討論為悲劇之思想部分，應與第三種方式有關。

1456b

(2)在思想項下包括每一種由臺詞所產生的效果，並可細分爲——證明與反駁；②感情的激發，諸如：哀憐、恐懼、憤怒及其他類似者；③重要的暗示或者與其相反。④(3)現在，很清楚戲劇的臺詞與戲劇的事件，有必要採取同樣的觀點來處理，使這個對象能激起哀憐、恐懼感、重要性或可能性。唯一的差別在事件無需言詞來解釋，就能說清楚它自己；當這個效果鎖定在臺詞中，還要由說話者來發動，並作爲臺詞的一種結果。如果思想所揭露的完全脫離了他說什麼，還要說話者做什麼？⑤

---

② 同前註，見該書卷二第二十一至二十五章和卷三第十七章。

③ 同前註，見該書卷二第二至第十一章，亞氏界定和分析了憤怒、溫和、友愛、恐懼、羞恥、慈善、哀憐、憤慨、嫉妒、羨慕等各種情緒，在說話者的言辭中如何運用以達到說服的目的。這也正是中國人所謂的「動之以情，說之以理」，雙管齊下，才能奏效。

④ 對此翻譯各家版本稍有不同，先列舉如次：
一、I. Bywater: "...or to maximize or minimize thing."
二、J. Huttion: "...and enlarging or belittling the importance of things."
三、S. H. Butcher: "...the suggestion of importance or its opposite."
四、L. Golden: "Indications of the importance or insignificance of anything also fall under this heading."
一般都將其對應《修辭學》卷二第二十六章誇大與貶抑，顯然前兩種譯文比較接近這個說法，尤其是第二種最為吻合。至於後兩種則涉及事情的大小、重要與否的命題，呼應的是《修辭學》卷一第三章最後一段，以及卷二第十九章討論可能的事——已發生的事——將要發生的事——大事小事。

⑤ 亞氏於此把悲劇中的思想與措辭（diction）結合起來，認為思想是透過臺詞表達，同時又不能脫離劇中人

(4)其次，關於措辭。係對語調的模式表現的一種探究。然而這種知識屬於演說術和那種科學專精者的領域。它包括，例如：什麼是一種命令、祈求、陳述、威脅、疑問、答覆以及其他種種。(5)唯知不知道這些事並不會讓詩人的藝術遭到嚴厲的責難。誰能想到荷馬也犯了錯誤，普羅泰戈拉⑥指出那句「憤怒的唱，女神」本來他想說的是一種懇求，但他給的卻是一個命令？因爲告訴某人去做一件事或者不要做，他說的是一個命令。不過，我們還是略過這一種研究，因爲那屬於另一種藝術，不是詩的。

物的性格而存在。與情節事件依據相同的處理原則，達到同樣悲劇的效果，令觀眾產生哀憐與恐懼之情緒。如此也就跟《修辭學》中的說服原則相一致。

⑥ 普羅泰戈拉（Protagoras）：公元前五世紀著名詭辯思想家，對語言方面有其論著，此處對荷馬的批評引自《伊里亞德》之開端。

第二十章

內容提要

分析一般語言與措辭，包括字母、音節、連接詞、名詞、動詞、語尾、句子的意義與文法細節。

正文

在語言中一般包括下列部分：字母、音節、連接詞、名詞、動詞、詞形變化或格、句子或詞組等。①

(2)字母是一種不可分的音，然而不是每一種不可分的音都算，只有一種能形成有意義的音群爲限。因爲野獸也會發出不可分的音，卻不是我稱之爲字母的那一種。(3)我所謂的不可

① 自第十九章後半部開始至第二十二章為止，亞氏由簡單到複雜，展開系列的措辭（diction）討論。不過有不少學者對本章應否列入，甚至懷疑是後人所羼入。儘管本章內容係屬古文法之基本概念，比較粗淺，不及《詩學》的技藝層次，但它也是詩篇構成的基礎。至於詩韻的類型和功能自然與音節緊密相關，亞氏並沒有討論其細節，因其屬於音韻學的範圍。這也關乎亞氏在知識的探究十分重視分類和範疇的界定，否則治絲益棼，徒增曖昧含混之擾。正如《修辭學》與《詩學》雖然相關，甚至有部分重疊互涵之處，亞氏仍堅持分開討論，可見其治學的一貫性。

1457a

分的音，又可分成母音、半母音和啞音。母音是無需衝擊到舌頭或嘴唇就能發出一種聽得見的音。半母音是因衝擊而發出一種可聽得見的音，如S和R。啞音即令用這樣的衝擊，由於它本身沒有聲音，還要結合一個母音才能聽得見，如G和D。⑷這些區別是按照口型和發音部位的不同而形成；又有是送氣或不送氣，是長或短；爲高音、低音或中音的分別；唯其詳盡的研究則屬於音韻學者。

⑸音節是一個非表義音，由一個啞音和一個母音組成，只用G、R沒有A是一個音節，加A成爲GRA也是個音節，但是關於這些差別的探討亦屬於音韻科學。

⑹連接詞是一種非表義音，它既不能引起也不會妨礙許多個音結合成一個表義音；它可能位於一個句子的中間或結尾，例如：一方面、另一方面、因此、那麼等，如果是放在一個單獨來表達的句子的開頭就不合適了。或出自數個音所形成的一個非表義音，唯其每一個意涵，可能在一個句子或詞組中形成——如在……方面（amphi），在……周圍（peri）及其他如和（kai）。⑺亦或者一個非表義音標示在一個句子的開頭、結束或者轉折；並據其屬性置於兩端或中間。②

---

② 這整句與上文有重複和矛盾處又無例證，置於此反增困擾，有人也視為是疑作或偽作。

(8)名詞是一個合成表義音，不表時態，沒有哪一個成分是表自身意義的，因爲在複合字裡我們並沒有分開來使用，就好像每一個都有其自身意義似的。所以在「神賜」（Theodorus）中，「禮物」（doron）不表達其自身的意涵。

(9)動詞也是一個合成表義音，表示時間，與名詞一樣，沒有哪一個成分表自身意義的。因爲「人」或者「白」不帶有時態的意思；但是「他走了」或者「他已經走了」，則內含時間，現在或過去。

(10)詞形變化有名詞和動詞兩個面向，表達屬於或對之關係或者其他類似者；或表示數量，是單數或複數，如「人」或者「眾人」；或者是陳述語態或語氣，是疑問或是命令。「他走了嗎？」和「走！」爲此種動詞的詞形變化。

(11)句子或詞組是一種合成表義音，至少其中的某個成分本身有意義；唯不是每一個詞組都包含動詞和名詞——例如：「人的定義」就不用動詞。不過也常有某種表義成分，如「行走」或者「克勒翁的兒子」。(12)一個句子或詞組，可由兩種途徑形成一個整體——它作爲表達一件事物或者把數個成分連接在一起來表達。所以《伊里亞德》是把數個成分聯合爲一體，在「人的定義」中是表達一個整體之事物。③

③亞氏將詞組分成兩類：一類僅指涉及單一的主題，例如：人的定義為「一種會用兩足行走的動物」（a footed animal with two feet, *On Interpretation*, 103a）；另一類是把不同的主題結合成一個大的複合體，如《伊里亞德》（*Iliad*），除了指伊利姆這塊地（the land of Ilium）外，還包括阿加曼儂統率希臘聯軍攻打特洛伊，矢志奪回海倫，因阿基里斯的退出，無人能敵赫克持，戰事就僵持不下，眾神參戰越發糾結，直到赫克特之死……凡此種種均屬此一詞組所涉及的題旨和意義。

第二十一章

1457b

內容提要

詩的措辭。詩中所容許之臺詞模式和語詞：包括通行、外邦、隱喻、創新、延長、縮短、變形以及詞類的性別（有部分殘缺）。

正文

詞有單一和複合兩種。所謂單一，我意指由非表義元素組成，諸如：地（gê）。所謂複合是由一種表義的和非表義的元素組成（雖然在整個詞裡頭，沒有元素是表義的）或者兩個結合的元素都是表義的。一個詞在形式中也可以由三個、四個或更多部分合成，就像很多馬斯利亞人的用語，例如：向天父宙斯祈禱（Hermo-caico-xanthus）。①

(2)一個詞是通行的、或外邦的、或隱喻的、或裝飾的、或創新的、或延長的、或縮短的、或變形的。

① 該詞是把小亞細亞境內距弗西亞（Phocaea）城不遠的Hermos, Kaikos, Xanthos三條河流名，合成一個全新的意涵（J. Hutton, pp.104-105）。

⑶所謂通行的或自己的一詞，我意指那一國人通常使用者；所謂外邦語是在另外一個國家裡使用者。是故，顯然地，同一個詞可以立即成爲外邦語或通行語，只是跟同一國民的關係不同罷了，矛（sigunon）這個詞對塞普路斯人是通行，但對我們來說就是外邦語。

⑷隱喻是轉移一個外來的名稱的應用，由屬到種，或從種到屬，或自種到種，或由類比而生，易言之，比擬。從屬到種者，如「我的船停在那兒」；②因爲下錨而泊爲停之一種。從種到屬，如「誠然奧德修斯做了萬件高貴的事蹟」；③由於萬爲大數之一種，並且也是常用的大數。⑸從種到種，如「以青銅的刀鋒取命」和「用剛硬的青銅容器打水」④此間取走必要劈開，再者劈開是爲了要取走，每一種都是取的一種。類比或比擬是當B之於A相當於D之於C。然後我們可以用D代替B或者用B代替了D。有時我們爲了修飾這個隱喻而加上適當的相關字詞。因此像酒杯之於酒神戴奧尼索斯猶如盾牌之於戰神阿瑞斯。所

---

② 見《奧德賽》第一卷一八五行與第二十四卷三〇八行，均有相同的句子。

③ 見《伊里亞德》第二卷二七二行。

④ 拜氏的譯文：從種到種有「用青銅器吸走生命」與「以硬的青銅器分割」：此處詩人用吸走，就含有分割的意思而分割也包括吸走，兩個字都意味著取走某些東西（That from species to species in Drawing the life with the bronze, and in Severing the enduring bronze; where the poet uses draw in the sense of sever and sever in that draw, both words meaning to take away something.）。據其考證這一句，出自恩培多克勒《淨化》之殘篇（*Fragms*. 138 and 143 of Empedocles *Purifications*）：關於恩培多克勒請參閱第一章註⑩。

以，酒杯可以稱之爲酒神的盾牌，而盾牌變成戰神的酒杯。⑤或者，再舉一例，老年之於生命，猶如夜暮之於白晝。所以夜暮可以稱之爲這天的老年，而老年，亦可稱爲生命的夜暮，或者，像安培多克里斯的辭句「生命的黃昏」。⑥⑺由於比擬的某些語彙，在實存中有時是空話，但隱喻仍然可用。例如：撒種被稱爲播：但是太陽的運行是撒下光種則說不通。卻仍然可以擬想太陽的運行的過程與播種有相似的關係，從而詩人的表達爲「播下神創之光」。⑦隱喻還可以有另外一種運用的方式。⑻我們在運用的一個外來的語彙，然後再否定那個語彙的一個獨特屬性；正如我們雖稱其爲盾牌，但它不是戰神的酒杯，而是無酒之杯。

〈一種裝飾語——已佚〉

⑼一個新的造的字之前不曾在什麼地方用過，而是詩人自己採用者。出現了像這樣的字：以角（kerata）爲芽（ernuges），和以祭司（hiereus）爲懇求者（arêtêr）。

1458a ⑽延長的字是其本身的母音換成比較長的一個，或者插入了一個音節。縮短的字是它原來的某部分被刪除。延長的字例子有城邦（以polēos長母音代替e的短母音poleôs），佩流斯

⑤拜氏以為出自泰蒙修師之殘篇，關於泰蒙修師（Timotheus）參見第二一章註⑤。

⑥又見柏拉圖《法律篇》（*Laws*）頁七七〇。

⑦不知此語出自何人之手。

之子（由Peleiadeo代替Peleidou）；縮短字的例子像大麥（用kri代替krithe），房屋（以do來代替doma）。

⑾變形字是指一個字的正規形式部分保留下來，部分重造；例如：正中右胸（dexiteron kata mazon）是把正規字右方（dexion）轉變其字形寫法。⑧

⑿「名詞就自身而言有陽性、陰性，或中性之分。陽性字尾諸如n、r、s或者某個字母與s合音者——有ps和ks兩個。陰性字尾爲長母音像ê和ô，或者母音可以延長者——a。是故在陽性和陰性名詞之字尾，其字母數是相等的，因爲ps和ks作s看待。只有三個名詞以i收尾——蜂蜜（meli），樹脂（kommi），辣椒（peperi）；只有五個名詞是以u收尾。中性名詞以這些母音及n、r、s收尾。」⑨

---

⑧出自《伊里亞德》第五卷第三九三行，安菲昂（Amphitryon）勇敢的兒子用一種有三倒鉤的箭射向赫拉（Hera），正中右胸，令她痛苦難當。荷馬將dexion中的dexi保留下來，創造了ter這個音節，再加上字尾on，就成一個變形字dexiteron。

⑨布氏以為整段可能是偽作。

第二十二章

內容提要

如何選擇各種不同性質的字詞和形式，運用於不同的文體和表現模式。

正文

完美的文體是清晰卻不俚俗。最清晰的文體是只用通行和適當的字詞；同時它也是俚俗的——克魯峰和塞耐路司①的詩即爲明證。但在另外一方面，其措辭艱深和超凡脫俗，用的都是不尋常的字。所謂不尋常，我的意思是指外邦的或罕用的字、隱喻的、延長的——簡而言之，任何不同於平常的用語。(2)若有一種文體全用這樣的字來寫就成了謎語或難懂的怪詩；謎語，如由隱喻組成；難懂的怪詩，比方說以外邦（或罕用）語組成。因爲謎語的本質是在不可能的情形下結合得以表現眞正的事實。唯此不能用任何平常的話語辦到，只有用隱喻才能。這樣的謎語如：「我見到一個人用火把青銅黏在另外一個人身上」，②以及其他類

---

① 克魯峰（Cleophon）：參見第二章註②；塞耐路司（Sthenelelus）：公元前五世紀的悲劇詩人；亞里斯多芬尼斯曾揶喻其風格，見殘篇158 Kassel Austin。

② Such is the riddle: "A man I saw who on another man had glued the bronze by aid of fire." 這謎語是描繪醫生利

1458b

似者。用外邦的（或罕用的）語彙寫成的文章是難懂的怪詩。⑶是故，就文體而言，注入一定程度的這些元素是必要的；因爲外邦的（罕用的）字詞、隱喻的、裝飾的以及前面說過的其他種類，都會使它超越平凡和俚俗，在使用了適當的字彙時就會讓它彰顯出來。⑷但是對於措辭的清晰度沒有絲毫的裨益，其距平凡的程度猶過於延長、縮短和變形語。因其是自正常的慣用語中逸出的例外情形，使得語言有些差別；同時，部分與慣用法相一致就會容易理解。⑸批評家指責這些詞句的破格和認爲是抓住了作者的③把柄，其實是錯了。從而像老歐克雷德斯④就宣稱，如果你可以任意延長音節就很容易成爲一位詩人，他曾以其模擬的文章形式來諷刺，詩作如下：

我曾見厄皮卡瑞斯走向馬拉松（Epikharen eidon Marathonade badizanta）和情人不（賣？）……他的黑藜蘆（Ouk an geramenos [?] ton ekeinou elleboron）。⑤

用一個銅杯式的器皿，先點火將杯底燒熱，然後把杯口覆蓋在病患的傷口上，當其逐漸冷卻時就會吸住人體，而後達到吸出血液或膿血的目的。與中國的拔火罐有同理異功之妙。

③ 修氏以為這裡的作者可能意指荷馬（J. Hutton, Chapter 22, notes 4）；希氏直接譯為諷刺荷馬（satirize Homer），不知其所據（M. Heath, Chapter 22, p. 36）。

④ 老歐克雷德斯（Eucleides the elder）一說他是麥加拉人，曾受教於蘇格拉底門下，後設立學校傳授雄辯術；另有一說其人於公元前四〇三年擔任雅典的執政官，改良過文字，研究語言學。

⑤ 第一句是把兩個短音節硬生生地拉長，使其符合六音步體詩（按此句中的Epichares是公元前五世紀末，雅

⑹肆無忌憚地運用這樣的破格，是怪誕的；甚至任何詩的措辭模式都必須節制。隱喻、外邦（或罕用）的字或任何類似形式的詞句，如果用得不適當將會產生類似的效果和用來表達可笑的目的。⑺在敘事詩裡或許可見到於普通的形式中插入延長字，適當地運用會造成極大的差異。再者，如果我們拿一個外邦（或罕用）的詞彙，一個隱喻或者任何類似的表現模式，用通行或適當的詞彙來替換，我們觀察的眞相將會顯現出來。例如：埃斯庫羅斯和優里匹蒂斯都寫同樣的短長格的臺詞，優里匹蒂斯只轉變了一個字，他以罕用的語彙取代了平常的一個字，使得這首詩變得美麗而另一個則平淡無奇。埃斯庫羅斯在其劇作《菲勞泰特斯》有「這毒瘡吃光我腿上的肉」，而優里匹蒂斯寫成「這毒瘡在我腿上饗宴」。⑥亦見於「一個矮小、瘦弱又不體面的人」代之以普通的用語「一個小小、瘦弱、醜醜的男人」。⑦並按「擺放一把不相襯的椅子和一張矮桌」代替為「擺上一把二等貨色的椅子和一張小的桌

典的政治家）：第二句或許延用相同的方式來處理短音節，但抄本於此漫漶不清，語意不明（黑黎蘆乃治療瘋顛的一種藥物）。

⑥ 出自埃斯庫羅斯之《菲勞泰特斯》，殘篇二五三：見優里匹蒂斯同名劇作之殘篇七九二。英譯如次：Aeschylus wrote, in his Philoctetes, "the canker that eats up my foot's flesh; Euripides substituted 'feasts on' for 'eats up'"（M. Heath, p. 37）。

⑦ 見《奧德賽》第九卷五一五行，英譯：...the Cyclops describing Odyssey: "a scant and strengthless and unseemly man", one could substitute current words "a little, weak, ugly man."（同上）。

1459a

子」。[8]又如把「海岸在咆哮」置換成「海岸在喊叫」。[9]

(8)此外，阿雷弗萊得斯[10]取笑悲劇家，因爲沒有人在平常的講話中會那樣遣詞用字。例如：「從房子離開」而不是「離開房子」，應該是「阿基里斯周圍」而不是「周圍阿基里斯」和其他類似者。準確地說，因爲如此遣詞用字不是通行的成分，反而賦予文體的特殊性。無論如何，就此而言阿雷弗萊得斯沒弄明白箇中道理。

(9)研究這些表現模式中的適當性是一件大事，諸如複合字，外邦（或罕用）語，以及其他等等。然而最難的事要數隱喻的駕馭能力。唯獨這一項不能由別人傳授，它是天才的標

---

⑧ 同前註，見該書第二十卷二五九行，英譯：And in “setting down an uncomely chair and scant table”; “setting down a second-rate chair and little table”（同上）。

⑨ 出自《伊里亞德》第十七卷二六五行，英譯：And in “the sounding sea-shore”;“the shouting seashore”（M. Heath, p.37）。

⑩ Ariphrades可能是一位喜劇作家，生平不詳。亞里斯多芬尼斯於《黃蜂》劇中所嘲笑之Automenes的第三子Ariphrades：「……無師自通，天天逛窯子，憑著天資聰明，自然而然地練出了舌頭功。」（一一八一—一一八三）；又在《騎兵》中罵得難聽至極：「……阿雷弗萊得斯壞蛋一個，論人品簡直不像他哥哥！他不光是壞，而且成天幹壞事，要不然，我也不會注意到他；他不僅壞到極點，而且別出心裁：學呂涅托斯，跟俄翁尼科斯鬼混，在堂子裡搔癢處，舔汙水，弄得滿鬍子骯髒，一些下流的快樂把他的口舌汙穢了。誰不痛恨這樣的禽獸，誰就不配同我共飲一杯酒。」（見《羅念生全集》第四卷，頁一三九—一四〇，上海：人民，二〇〇四）是否為同一人，則不得而知。

幟，因爲創造好的隱喻蘊含著對類似性之慧眼獨具。

(10)在各種詞彙中，複合字最適宜酒神頌，罕用字合乎英雄詩，隱喻適應短長格。事實上，在英雄詩裡，所有這些變化都適用。而短長格，因係再現，盡可能做到像平常說話，最適當的辭彙甚至見於散文。這些包括通行的、或適當的、隱喻的、裝飾的等等。

關於悲劇和動作的模擬媒介這方面講得夠多了。

第二十三章

內容提要

敘事詩爲一種敘述形式，使用單一格律之詩的模擬。其情節有如悲劇應建立在相同的原則上，需具有完整統一的動作。全然不同於編年史。所以，過於廣袤的主題，品類雜多者也不合適。

正文

敘事詩爲一種敘述形式，使用單一格律之詩的模擬，有如悲劇，其情節明顯地應該建構在戲劇的原則上。應爲其主題設計一個單一、整個和完整的動作，有開始、中間與結束。從而在其整個的統一體中有類於一個活的有機體，並產生獨特的快感。它的結構不同於歷史的編寫，那種必然呈現不是單一的動作，而是把所有發生在那一個時期裡的一個人或許多人的事件編寫在一起卻甚少關聯。⑵正如同薩拉米斯的海戰，和西西里島與迦太基人的作戰，發生於相同的時間，但沒有導向任何一個結果，①所以在事件的序列中，有時一件跟著另外

---

① 公元前四八五年波斯王澤克西斯（Xerxes）繼位後，歷經四年的準備，糾合了兩百六十餘萬聯軍，動員了

一件，卻沒有隨之產生單一結果。我們可以說，這種情形卻是大多數詩人習以爲常的。⑶然而，正如已觀察到的，此處要再次肯定荷馬的超越群倫。他從未企圖運用整個特洛伊的戰爭爲其詩篇的題材。雖然那場戰爭有開始和結束。它擁有太過廣袤的主題，不容易一窺全貌。再者，如其維持在有限的範圍內，由於事件的變化多端必定過於糾結。

正如他是從戰爭的一般故事中分離出單一的部分，容納許多事件作爲各個插話的材
1459b 料——諸如：船艦一覽表②和其他種種——是故，豐富多樣變化。所有其他詩人採用單一

一千兩百多艘船艦，以雷霆萬鈞之勢跨海來攻希臘。而雅典和斯巴達所集結的兵力，還不到對方的十分之一。公元前四八〇年整個波斯艦隊進入薩拉米斯灣，希臘的海軍只有三百艘三層槳的戰船，從數量看相當懸殊。雅典的統帥塞密斯托克利（Themistocles）眼見大多數的將領心存疑懼，不敢冒險出戰。反倒是他決定置之死地而後生，利用奸細密告澤克西斯偽稱希臘海軍企圖於夜間逃走無心作戰，正是殲滅敵人全軍的大好時機。果然，波斯艦隊封鎖了整個港灣，迫使希臘人只有拚死一戰，別無他途。反而有利，因為原本希臘的海軍訓練有素，戰術靈活，量少質優；而波斯的各國聯軍語言混雜，號令困難，指揮不便，致遭擊潰，此即是薩拉米斯之役。同年，甚至說都是九月二十三日，在西西里的希臘海軍也和迦太基人作戰，來自非洲的海軍司令哈密爾迦（Hamilcar）率領了千艘艦，三十萬大軍包圍了希瑪喇（Himara），希臘守軍將領格隆（Gelon）以五萬五千人，可能用火攻，打敗了哈密爾迦，可憐他只落得個羞愧自殺的結局。這兩個戰場相隔遙遠，各自獨立作戰，勝敗的關鍵分別形成，互不相干，沒有因果關係。有的只是恰巧發生在同年，甚至同日，按編年史寫作方式自是前後連接在一起敘述了。

② 見《伊里亞德》卷二後半部之點兵將，旨在介紹給讀者明白。

主人翁，單一個時期或者一個動作一件事，實際上，就形成一種品類雜多的情形。如此就像《庫普利亞》和《小伊里亞德》的作者所寫的方式。③⑷基於這種理由，《伊里亞德》和《奧德賽》每個提供一部悲劇的主題，或者最多兩部；而《庫普利亞》可供給好多部戲的題材，《小伊里亞德》可供八部戲——甲冑的授與、④菲勞泰特斯、⑤尼奧托瑪

---

③拜氏註解為：「不知其作者是何人，兩部都屬於早期敘事的連環詩篇，涉及荷馬《伊里亞德》涵蓋外的前、後事件。」（*Aristotle's Poetics*, trans. Bywater, p.257）

④甲冑的授與（**Award of the Arms**）：應指阿基里斯死後，其盔甲由誰來繼承，引發希臘陣營的內訌和艾傑克斯羞憤自殺的悲劇。詳見第十八章註④。

⑤菲勞泰特斯（**Philoctetes**）：他是海克力斯（**Heracles**）的摯友，當海克力斯臨終時因其隨侍在側，並為之舉火埋葬等事宜，且承諾永不洩露海克力斯的墳地。從而得到主人的寶弓和那浸泡九頭巨蛇（**Hydra**）的毒液之箭。他也是海倫的追求和宣誓的保護者，從而率領了七艘戰船的兵士，參加希臘遠征軍去攻打特洛伊，他也是希臘最偉大的弓箭手。在行將進到特洛伊的途中被毒蛇咬傷（一說他是被自己毒箭所傷），且無法痊癒，發出令人厭惡臭味，其痛苦的哀號又影響士氣。可能是奧德修斯提議為了顧全大局，將菲勞泰特斯棄置於李蒙斯（**Lemons**）荒島。讓他飽嚐傷口不癒的痛苦折磨和被遺棄的孤獨寂寞，長達九年，其悲憤可想而知。在阿基里斯死後，預言家說如果得不到海克力斯的弓箭，希臘聯軍就無法取勝。於是，奧德修斯和尼奧托瑪斯（**Neoptolemus**）或戴門德斯（**Diomedes**）就前往李蒙斯島，說服菲勞泰特斯歸隊或取其賴以生存之弓。當菲勞泰特斯見到希臘人就有一股怨氣，對奧德修斯更是憤恨不已，自是一口回絕。所幸，海克力斯的英靈出現，勸誡菲勞泰特斯攻打特洛伊是他的責任，並且舊傷也能復原。果真抵達特洛伊後，治癒了舊傷，重行投入戰鬥行列。他殺了帕里斯王子，並屢建功勛。但在戰後，他仍不能忘卻希臘人當年遺棄的舊恨，不願再回到故土。到義大利經營了兩城，建立新國度，頤養天年。

斯、⑥幽里皮樂司、⑦行乞的奧德賽、⑧拉康尼亞的婦女、⑨伊利姆城的陷落、⑩艦隊返

---

⑥尼奧托瑪斯（Neoptolemus）：是阿基里斯和戴達美亞（Deidamia）之子，也叫做皮羅斯（Pyrrhus），意指美髮者。在其父死後，預言家說沒有菲勞泰特斯和尼奧托瑪斯的參戰，希臘人無法攻克特洛伊。所以，奧德修斯和戴門德斯就去賽羅斯遊說尼奧托瑪斯。果然，其人英勇無比，是第一個敢進木馬混入敵城之人。每次軍事會議總是率先發言，而且辯才無礙，就連奧德修斯也稱讚他。不過，他的殘忍也不下於乃父，死於其劍下的亡魂無數，最有名的當是特洛伊的國王普萊姆；把赫克特的遺孤愛斯帝耐克斯（Astyanax）從城牆上摔死；舉行獻祭儀式動刀殺特洛伊公主波呂克塞那（Polyxena）的也是他。納赫克特遺孀安莊麥姬（Andromache）為妾室，後娶曼耐勞斯之女赫兒米涅（Hermione）為妻。因伊先許配奧瑞斯提斯，故而結下冤仇，後奧瑞斯提斯假他人之手除之。

⑦幽里皮樂司（Eurypylus）：同名者不只一人，不知亞氏所指何人？至少有一、泰勒福斯（Telephus）之子，參加特洛伊的聯軍，也是公主卡桑妲（Cassandra）的情人，最後做了尼奧托瑪斯劍下亡魂。二、奧曼尼昂（Ormenion）王幽埃蒙（Euaemon）之子，率隊參加希臘聯軍，為特洛伊的王子帕里斯所傷，得到派特克洛斯的救治而痊癒。三、海神波賽頓之子，為海克力斯（Heracles）所殺，應與此人無關。

⑧行乞的奧德賽（Mendicant Odyssey）：見荷馬之敘事詩《奧德賽》第二卷海倫回憶當年的往事：奧德修斯想到特洛伊城刺探敵情，唯恐有人認出他來，不惜把自己鞭打得傷痕纍纍，像個被凌虐的奴隸，再穿上一件破爛的髒衣服。混入敵城，藉著行乞為生，四處偵察。但被海倫識破其盧山真面目，雖已巧妙地閃避，終究在為其沐浴搽油更衣時，彼此坦誠相認。在海倫的掩護下，奧德修斯殺了若干特洛伊人，成功地帶走不少重要情報回返營地。

⑨拉康尼亞的婦女（Laconian Women）：索福克里斯曾有同名劇作，業已不傳。拉康尼亞乃斯巴達之首都，而此故事可能是海倫與其拉康尼亞侍女們，協助奧德修斯盜走守護特洛伊的神像，導致國邦之覆亡。顯然，其主題強調了斯巴達的婦女畢竟不忘故國，緊要關頭還是背棄特洛伊。海倫亦然，只是一時受制於愛

航⑪等。

芙羅黛之魔力，拋夫棄女，背離祖國，終究有悔悟之時（請參見《奧德賽》第二卷曼耐勞斯與海倫，可證並非全然臆測）。

⑩伊利姆城的陷落（Fall of Ilium）：可能描述奧德修斯等人於藏身木馬，棄置海濱。僅留希能（Sinon）一個善辯之士，誘騙特洛伊人上當。果真中計將木馬推入城中，雖為海倫識破繞行木馬三週逐一喊出各將的名字，但眾人也不敢答應。而後希臘的兵將趁機殺出，除了極少數僥倖逃走外，自國王普萊姆（Priam）以降，王子皇孫，諸將士，甚至所有特洛伊男人，盡遭屠戮。姦淫婦女，殘殺幼童，洗劫一切財物，燒毀整個宮殿名城。其暴虐的罪行，真可謂人神共憤，罄竹難書。

⑪艦隊返航（Departure of the Fleet）：當希臘人屠城後，將洗劫的財物悉數搬上船，分配俘虜給應歸屬的主人，決定所有倖存的特洛伊人的命運，然後準備回返故國。優里匹蒂斯之《特洛伊的婦人》（*The Trojan Women*，公元前四一五年）的故事題材即出於此段落。戲一開始就在海神悲悼特洛伊被毀時，向來偏愛希臘，尤其是雅典的守護神——雅典娜，竟然要聯合波賽頓殘酷地懲罰返航的希臘人，原本支持特洛伊的海神自是求之不得。雅典娜甚至預言宙斯會降下冰雹雨水，從天上吹來昏暗的風暴，並把雷電借給她用，劈死那些褻瀆神明，觸犯禁忌的人。接下來整部戲的進行，都在上了年紀的皇后海克柏（Hecuba），等待分發到她的希臘主人那裡去做奴隸的過程中，先從傳令官的口中得知她親人命運的安排，尤其是不能呈現在觀眾面前的殘酷暴力場景，只有部份情節是透過當事人的反應和動作中表現出來。再加上俘虜完全沒有反抗的能力，甚至連自殺的權力也沒有，所以，顯得相當靜態。首先是瘋癲的預言家卡桑妲（Cassandra）被阿加曼儂選中，納為妾室。看上去遠勝過奴隸的地位，但這違反作為阿波羅童貞侍女的承諾（一說在特洛伊城破時，埃阿斯已於雅典娜神殿強暴了她）。不過，令人驚異的是卡桑妲以亢奮的心境去做新娘，預言了阿加曼儂悲慘的下場，且表示會為父兄報仇殺了他。當海克柏從傳令官那兒知道自己的主子是奧德修斯時，又令她十分痛苦，因為木馬屠城之計原出自其手，乃是最大的仇敵。而卡桑妲立即說出奧德修斯要歷

經的各種災難艱險，漂泊十年才能回到家。至於剛從海克柏懷裡奪走的幼女波呂克塞那（Polyxena），傳令官也告訴她已被押赴阿基里斯的墳地獻祭處死了。當她經歷一連串的打擊後，因承受不住而昏厥。甦醒時甚至向扶持的人，要求帶她到崖頂上去自盡。赫克特的遺孀安莊麥姬（Andromache）與其幼子愛斯蒂耐克斯（Astyanax）坐在車上，正要送給尼奧托馬斯成為他的妾室，命運何其弄人？安莊麥姬偏要侍奉殺夫仇人之子。海克柏勸其兒媳忍辱偷生，甚至要曲意承歡，如能撫孤成人則中興有望。唯此痴心妄想立即破滅，會議決定斬草除根，從特洛伊的城牆上將此遺孤摔死。如此殘忍野蠻的行動，自是令安莊麥姬和海克柏心碎痛不欲生。在曼耐勞斯親自決定如何處置海倫時，海克柏請求曼耐勞斯，務必處決這個害得她國破家亡的罪魁禍首。而海倫則反駁罪責應歸帕里斯，而他又是海克柏所生，一樣脫不了干係。再則當年曼耐勞斯把色魔留在斯巴達的宮廷，揚帆到克里特島去，甚至要怪愛芙羅黛才是。三則當帕里斯被菲勞泰特斯射殺後，她要逃走，卻被海克柏的另一個兒子伊福波斯捉住，逼迫她再次改嫁。既然她全無抗拒能力，處死她怎會公平合理。結果在海倫的美色和苦苦哀求的攻勢下，曼耐勞斯決定帶海倫回希臘。海克柏在為其孫兒愛斯蒂耐克斯舉行葬禮後，欲跳進火裡，卻被阻止，還是要把她當作獎品送給奧德修斯。在漫天大火中特洛伊轟然倒下，眾人上船。除了布氏和凱氏（Kassel, R.）版本外，拜氏等版本又列上：亦如希蒙，和特洛伊的婦人（as also a Simon, and a women of Troy）。換言之，認為《小伊里亞德》所涉及的題材內容可寫成十部以上的悲劇。但我以為前八部戲的故事似有內在的結構秩序，以及連貫性；並且後兩種本該包括在第七、第八部的題材中。嚴格說來一部敘事詩的題材，究竟能編成幾部悲劇，這個問題幾乎無解。可能也不是亞氏《詩學》所要討論的重點，或許連列舉八部都是多餘，是後亞里斯多德的思維或羼入的。

第二十四章

內容提要

敘事詩與悲劇有相同的種類。但也有下列幾點不同：⑴在詩篇的規模和長度上數倍於悲劇；⑵因其爲敘述可同時進行數條線索，變化多端破除單調；⑶使用的格律有異；⑷驚奇的元素有更大發揮的機會，甚至利用邏輯的謬誤迷醉聽眾的心神。

正文

再者，敘事詩與悲劇有同樣多的種類：它必定爲單純的或複雜的或倫理的或受難的。除了歌曲和場面外，其他成分相同；它也要求情境逆轉、發現和受苦的場景。⑵此外，思想和措辭必須是藝術的。在所有這些層面中，荷馬是最早的並且也足資典範。事實上，他的每一篇詩都有二重性格。《伊里亞德》同時是單純的和受難的，《奧德賽》爲複雜的（因爲它通過發現的場景），[1]同樣也具倫理的性格。在思想和措辭兩元素都表現極佳。

---

①關於《奧德賽》中有多少次發現，無需一一列舉，因按亞氏定義只要有一次，就是複雜情節。請參閱第十六章註④，已評註奧德修斯為野豬咬傷所留下的疤痕，導致發現其身分。

(3)敘事詩在規模的建構上和其格律都不同於悲劇。關於規模和長度，我們已經說過應有適當的限制：從開始到結束必須能一次就看完。在這種條件下，規模要比古老的敘事詩爲短的詩篇會比較令人滿意，相當於一次坐下來就能看完的悲劇組的長度。②

(4)無論如何，敘事詩有一個偉大的——一種特別的——能力去擴大其領域，箇中緣由也不難明白。在悲劇中，我們不能模擬動作的數條線索導向一個並且同時進行；我們必須把它限定爲演員在舞臺上扮演的動作。但是在敘事詩裡，基於敘述的形式，能把許多事件同時地處理呈現出來；而且這些如果切合主題，則能爲此詩篇擴大質量和光采。敘事詩在這方面還有一種好處，有助於富麗堂皇，迷醉聽者的心神，多變的插話破除了故事的單調。因爲沒有變化的事件不久就令人生厭，造成悲劇在舞臺上失敗。

(5)至於格律，已由經驗的測試證明英雄體的妥適性。如果在一部敘述的詩篇中用任何其

---

②如按公元前五世紀在希臘雅典所舉行之戴奧尼索斯祭典的活動，可能有三天悲劇競賽，每天演出一位詩人的三部悲劇和一部羊人劇，而亞氏所謂之悲劇組（the group of tragedies）應不包括羊人劇在內。故其長度，大約五千多行，則僅及《伊里亞德》（一五六九三行）的三分之一，《奧德賽》（一二一〇五行）的二分之一左右。換言之，亞氏所主張的理想敘事詩，長度約五、六千行。在此限度內，觀眾或讀者能夠察覺其形式和內容上是否完整統一，部分與部分，以及它與整體的關係如何？是否和諧？配置與比例的情形？凡此都能達到充分掌握的程度。

1460a

他格律，或如現在組合了多種格律都會發現其不倫不類。由於在所有的體例中，英雄體最莊嚴和最有力；也因爲它最容易接納罕用字和隱喻，在另外一點上又模擬了特立獨行的敘述形式。從另外一方面，短長格和長短格四音步，是激動的體例，後者有類於舞蹈，前者適合動作的表現。⑹然而更荒謬的是將其混合了不同的格律於一爐，如凱瑞蒙所作。③因此建構一部宏偉規模的詩篇都比不上英雄體。正如我們說過的，自然本身能教人選到適當的格律。

⑺荷馬在各方面都值得讚美，也是唯一擁有特殊優點的詩人，他能夠正確無誤地分辨出他自己應該扮演的角色。詩人應該盡可能少說他自己，因爲不是這樣使他成爲一個模擬者。其他詩人則讓他們自己出現在通篇的場景裡，並且很少模擬，偶爾出現罷了。荷馬在幾句開場白之後，就立即引進一個男人或者一個女人，亦或者是其他人物，甚至他們不會欠缺性格上的特質，亦即是每一個都有他自己的性格。

⑻驚奇的元素是悲劇裡所要求的。而驚奇是以不合理爲其主要效果，在敘事詩中有更大發揮的機會，因爲這個人的表演是看不到的。因此，追逐赫克特一節如果放在舞臺上演將是可笑的——希臘人都站在一旁沒有參加追逐，而阿基里斯也揮退他們。④但是在敘事詩中，

---

③ 凱瑞蒙（Chaeremon）見第一章註⑧。

④ 見《伊里亞德》第十二卷二〇五—二〇七行：高傲的阿基里斯搖頭向軍隊示意，禁止他們對赫克特投擲

這種荒謬性可以含糊過去。驚奇之所以令人開心，或許可以從事實來推論，那就是每一個人在講一個故事的時候，總會加上他自己的某些東西，因爲他知道聽眾喜歡。⑼而它也是荷馬主要教導其他詩人說謊的藝術技巧。其謊言的祕密奠基於一種謬誤中。因爲假定如果A是眞的或者成爲事實，那麼B就是眞的或者變成事實，人們就想像成那種情形，如果B是眞的，A就是眞的或者成爲事實。但這是一種錯誤的推論。雖然，A是假的，它完全不必然導引出B是眞的或假的，並附加於A是眞的或成爲事實。因爲心靈的慣性，知道B是眞的，錯誤地推論A是眞的。《奧德賽》的洗腳場景就是這種情形的一個例證。⑤

銳利的槍矛，免得任何射中他的人奪得美名，他自己反而屈居人下（For to the host did noble Achilles sign with his head, and forbade them to hurl bitter darts against Hector, lest any smiting him should gain renown, and he himself come second）。荷馬於此可能是為了凸顯兩大英雄決鬥的吸引力，再三強調排除其他人參與的可能性，諸如普萊姆和海克柏輪番勸阻赫克特，不要跟阿基里斯單打獨鬥；雅典娜還藉德弗巴斯的聲音欺騙赫克特，以為其兄弟已在一旁，會在緊要關頭援助他；捷足的阿基里斯竟然追逐了三圈還趕不上赫克特，其實是拜阿波羅所賜才能逃脫，直到第四圈宙斯的秤盤先已決定赫克特的命運，阿波羅也就放棄不再協助他了。凡此種種都增加了雙方其他人不參與的合理性和說服力，但過分的誇大總是讓人覺得不夠真實，多少有些荒謬可笑。

⑤ 見《奧德賽》第十九卷，潘耐樂甫（**Penelope**）盤問裝乞丐之奧德修斯身世時，他自稱是克里特人（**Cretan**），國王艾多曼紐司（**Idomeneus**）之弟，杜克利昂（**Deucalion**）的次子。十九年前曾親自接待過因遇風暴而來造訪其兄之友人奧德修斯，十二天後奧德修斯方才啓程航往特洛伊。潘耐樂甫表示為了

⑽於是，詩人寧可選擇可能之不可能，也不要用不可能之可能。⑥悲劇的情節不是由不合理的成分所組成。如果可能，每件不合理的事都應該加以摒除；或者在所有的事件中，應

證明他所言非虛，請講出他所見之奧德修斯穿著打扮，容貌如何？隨從有什麼特徵？當然，難不倒他，說了一件雙摺紫斗篷，帶上一枚金別針，正面的圖案是一隻獵犬撕咬住一頭企圖逃跑的梅花鹿。其織工之精巧，令人嘆服。奧德修斯特別看重一個肩膀圓圓的、面目黧黑、頭髮捲曲，名叫優里備特斯的從人。此例所犯之謬誤或說謊之技巧，就在於他所描述的衣著可能出自潘耐樂甫之手，優里備特斯為她所熟識的人。換言之，通過潘耐樂甫經驗檢證為真實無誤的部分——B，從而推論接受他是來自克里特的王子愛桑（Aethon），一個陌生人——A虛假的部分。這也相當於地溼是真的，卻未必是天雨的緣故。反過來說，當你生病就醫時，通常醫生只判斷你得了什麼病，如何處方治療，卻不追問原因。因為患此病的原因可能不止一種，而是有許多種：有時是多種原因造成；甚至是原因不明，但仍可對症下藥治癒。

⑥此句兩害權其輕的名言，卻難翻成明白易懂的中文。再列三種英譯供參考：

S. H. Butcher—“Accordingly, the poet should prefer probable impossibilities to improbable possibilities.”

I. Bywater—“A likely impossibility is always preferable to an unconvincing possibility.”

L. Golden—“The use of impossible probabilities is preferable to that of unpersuasive possibilities.”

亞氏雖然主張不合理的情節安排或創造都應該摒除，但在不得已的情況下，寧可選擇第一種而不是第二種。因為從純粹邏輯的觀點上思考，只問推論的形式有無錯誤，而不必探究前提的真假。亦即是說前提可以為假，但在推論過程中都符合邏輯的諸規則，所做的結論就依然有效。換言之，第一種情況就是指其前提可以是假設的、想像的、虛擬的，或在經驗上無從證明其為真假的事物，雖然在現實生活中不可能發生，但在邏輯上它是可能的、合理的。而第二種情況則相反，它建立在現實人生的基礎上，偶然巧合、機緣運氣、意料之外的不幸事件，但不合乎概然或必然的因果關係者。

該把它安排在戲劇的動作之外（正如在《伊底帕斯》中，主人翁竟然忽視賴亞斯死亡的樣子）；不在戲劇之中——正如，在《伊萊克特拉》劇中，德爾菲競技的信差所傳之惡耗；⑦或者像在《米西亞人》中，這個人從泰吉亞到米西亞始終不發一語。⑧如若不然，情節就毀了，這種辯解是可笑的；果眞要這樣的情節，也應該不是建立在第一種情況之中。甚至一旦引進不合理的成分，並在一種可能被灌輸的氣氛下，我們會不顧其荒謬性而接受它。就以《奧德賽》中不合理的事件來說，奧德修斯莫名其妙地被遺棄在伊賽卡的岸邊上。⑨如果是

---

⑦《伊萊克特拉》（*Electra*，公元前四一八—四一〇年）：為索福克里斯現存劇作之一。奧瑞斯提斯偽稱自己死於德爾菲競技比賽中，藉以欺矇其母與堂叔，進而達到為父報仇之目的。先由僕人假傳此一惡耗，再經他帶著骨灰罈，親口對伊萊克特拉等人說奧瑞斯提斯已死的傳聞為真。它的不合理可能有二：一是普希亞（**Pythian**，在阿波羅神廟德爾菲舉行）馭車比賽項目，始於公元前五八二年。而奧瑞斯提斯為阿加曼儂報仇之事，為特洛伊戰爭結束後的若干年。至少要早於公元前十二世紀，故此安排顯然是歷史的訛誤（**anachronism**）。二是德爾菲的競賽是希臘人都參加的四年一次的盛會，阿戈斯勢必有人赴會，奧瑞斯提斯是否參與出了意外，早為其母和叔父所悉。何來僕人謊報惡耗之舉，如此作為反而僨事。

⑧《米西亞人》（*Mysians*）：埃斯庫羅斯、索福克里斯、安格松等人有同名之作，皆不傳世，拜氏（**I. Bywater**）推斷此處所指或為艾氏劇本。其事件可能是指因泰勒佛斯（**Telephus**）弒其母舅，奉神諭從伯羅奔尼撒之泰吉亞（**Tegea**）前往小亞細亞的米西亞（**Mysia**）淨罪，由於他是不潔之人、禁忌的對象，為免傷害與其接觸者，故於遙遠路程裡一直保持緘默。雖有宗教或習俗上的理由，但在悲劇的表演上會顯得相當可笑，故亞氏以為不當，不應引進劇中。

⑨見《奧德賽》第十三卷一六六行以下：奧德修斯坐上腓尼基人的船，在返鄉的航程中，竟酣睡如死。抵達

1460b

由二流詩人來處理這個主題，顯然會變成多麼令人難以接受。正如它是由詩人以其詩的魅力爲其荒謬性覆蓋了面紗，才好轉些。

⑾措辭應該在動作的中斷處苦心經營，因爲那兒不是性格或思想表現。反過來，由於過分雕琢的措辭又會使得性格和思想曖昧不明。

伊賽卡（Ithaca）後，水手們把他連同被單毛毯一起抬上岸，但他依然沉睡不醒。接著水手又把王公貴胄所送的禮物，置於遠離路邊的橄欖樹旁，以免路人順手帶走，事畢後他們開船離去。按奧德修斯受海神所阻，被迫流浪十年，迭遭苦難艱險。照說他已是驚弓之鳥，憂患意識極高，波塞頓也沒有要放過他，何以如此安心沉睡，毫不警覺？令人不解一也。水手既然能小心侍候，又能安置其財物，何以不喚醒他？或俟其清醒才離去？前後有些矛盾，令人不解二也。至於他醒來後，認不得故國家鄉，荷馬解釋是出自雅典娜之手，將其置於迷霧中，好讓她有時間與奧德修斯商談未來計畫，並為其改容變老。勉強算作理由，不過或多或少都有出自作者意志之嫌。

第二十五章

內容提要

自批評家對詩人所提出的責難導引出詩所依據的原理原則。特別是由例證中闡釋了詩的眞理的意義，並且說明它與現實的人生不同。

正文

關於批評的難題及其解答，應從其可能會引出並顯示的根源的性質與數量來討論。

詩人是一個模擬者，像畫家或其他藝術家，必定模擬下列三種對象之一：依照事物過去或現在的樣子；事物被說成或被想成的樣子，亦或者事物應該是什麼樣子。表現的工具是語言——爲通行的語彙或者可能是外邦的字詞或者隱喻。⑵我們也容許詩人做很多語言的修飾和變化。⑶故加諸於詩和政論的批評標準不盡相同，甚且對詩或其他藝術的要求會更多些。在詩藝自身範圍內所犯的錯誤有兩類——有些涉及本質，有些則屬意外。⑷如果一位詩人所選擇之模擬事物（模擬不夠正確），由於能力之不足，這個是本質上的一種錯誤。但是如果這個失敗應該歸於一種錯誤的抉擇——比如他表現一匹馬的兩條右腿同時向前踏出，或者引進醫學中技術上的不正確，或者其他技藝方面的例子——這種錯誤就詩而言不是本質的。這些都是由批評所帶給我們的思考和答辯的觀點。

1461a

⑸首先是關於詩人本身的技藝上的事物。如果他描述爲不可能的，他是犯了一種錯誤；但是可以爲這種錯誤辯解，如果這個藝術上的目的隨即達成（目的在前面已經說過），那就是說，如果這種效果或者詩篇中的任何部分因此表現得更有力。如追逐赫克特就是此點的案例。無論如何，如果要達成這個目的，在不違背詩藝的特殊規則下，可以做得一樣好，或更佳，這個錯誤就沒得辯解：如果可能，每一種錯誤都應該避免。

其次，所犯的錯誤究竟涉及詩藝的本質或者是某種意外？例如：不知道母鹿沒有角，比起畫得不像鹿，自然比較不嚴重。

⑹猶有進者，如果所描寫的對象與事實不合，或許詩人可以回答——「對象應該是什麼樣子」：正如索福克里斯所說，他是按其應有的樣子來寫人物；優里匹蒂斯則按照他們現在的樣子寫。在這方面遭到反對似可預見。⑺無論如何，如果不屬於前面兩類之呈現，詩人可以回答說——「這是人們傳說的樣子」，這個可應用到關於神的故事。說好聽一點，這些故事不高過事實也不合乎事實：色諾芬尼稱其爲「他們非常有可能」。①此外，一種描寫可能

---

① 色諾芬尼（Xenophanes）：為公元前六世紀後半期的哲學家和詩人，他對希臘主流的多神信仰、人神同形、同感論持批判態度，也曾譴責荷馬「把每件好事都歸因於神，留給人的只有羞辱和一堆的譴責——偷盜，通姦，和欺騙他人」（frg.11）以及「過去和未來都沒有人弄清楚神是什麼」（frg. 34），可惜只一些殘片，難窺其堂奧。

在事實上並不好，但它畢竟是事實；正如《伊里亞德》中有關兵器的一節：「把槍柄末端朝上矗立著。」②然而這是習慣，至今依利呂亞人還是這麼做的。③

(8)再者，在檢驗某人曾經說過什麼或做過什麼是對或者錯，我們不只是要看這個特殊的行爲或說法的本身，在道德的性質上是善或惡，而且還必須要考量誰說的或誰做的，對誰，什麼時候，用什麼手段或爲了什麼目的；總之，例如：會得到更大的善果，或者防止更大的禍端。

(9)其他要解決的難題是有關語言的用法妥當與否的討論。我們可以留意一個外邦字「mules」，詩人於此處用「mules」的意思不是「騾子」而是「哨兵」之意。④再來，所

---

② 見《伊里亞德》第十卷一五二行：「Upright upon their butt-ends stood the spears.」——S. H. Butcher。整段大意如次：機智的奧德修斯他們一起去找泰丟斯的兒子戴蒙德斯，在他的屋外發現，他的部隊都把頭枕在盔甲上繞著他睡成一圈，但是他們的槍插進地裡將其槍柄末端朝上矗立著，遠處望去，發亮的銅頭好像天父宙斯的閃電。

③ 依利呂亞人（Illyrians）為希臘北部古民族之一，而今散居在阿爾巴尼亞和南斯拉夫境內。

④ 見《伊里亞德》第一卷五十行：「First did he assail mules and fleet dogs.」，整段大意如次：菲巴斯阿波羅滿懷惱怒，肩背著他的弓和箭壺，從奧林帕斯山巔上下來。盛怒中走動的神，肩頭的箭也隨之喀喇做響；像黑夜一樣降臨人間。隨後他坐到對面的船上，破空飛來一箭；銀弓恐怖的弦聲清晰可聞。他首先射擊哨兵和靈敏的軍犬，繼以其鋒利之箭洞穿人體，震懾了希臘軍隊；光是燒屍的柴堆就晝夜不息。顯然，阿波羅如果先射騾子和狗就沒什麼道理，但哨兵與軍犬同屬部隊之警戒、斥候，殺之即去其耳目，合理之舉動。

謂多隆「實際上看起來難看」，⑤它不是指其身體上有殘疾，而是他的面容醜陋；因爲克里特人用「well-favored」一詞，意指一張漂亮的臉（a fair face）。此外，「混酒喝來快活些」⑥並不意味著「混酒更強烈些」（mix it stronger）適合酒徒飲用，而是「混酒喝得快些」（mix it quicker）。

(10)有時表現是作爲隱喻的，如「現在神與人全進了暗夜的睡夢裡」，就在同時，詩人說：「事實上就像往常他轉向凝視於特洛伊的平原，他驚異地聽到豎笛和管樂聲。」⑦這裡

⑤ 多隆（Dolon）：「ill-favored indeed he was to look upon」——S. H. Butcher。引自《伊里亞德》第十卷三一六行，整段是赫克特徵求夜探敵營的勇士，最初沒人回應。現在特洛伊人中有一名為多隆者，乃是如神般的使者歐曼德斯之子。他富有多金多銅器；誠然，他看上去其貌不揚，但腳程快捷；他是獨子，有五個姊姊。結果他自告奮勇，與赫克特約定獎賞後前往。

⑥ 混酒喝來快活些：「mix the drink livelier」——S. H. Butcher。引自《伊里亞德》第九卷二〇三行。

⑦ 引自《伊里亞德》第十卷第一行：「Now all gods and men were sleeping through the night.」——S. H. Butcher。不過，有些英譯本與此文中的關鍵字稍微不同，但無太大出入，故無需多贅。接著引自該書同卷十一—十三：「Often indeed as he turned his gaze to the Trojan plain, he marveled at the sound of flutes and pipes.」——S. H. Butcher。

「全」是用來隱喻「多」，而全也是多的一種。亦於詩中「唯獨她沒有……」，[8]「唯獨」是個隱喻；因爲最有名也叫做「獨一無二」（only one）。

⑾再者，靠重音或呼吸停頓來解決。從而按照泰索思島的希匹亞斯[9]的讀法可解「did omen de hoi euxos aresthai」[10]和「to men hour kataputhetai ombrô」[11]這種詩句的難題。

---

⑧ 見《伊里亞德》第十八卷四八九行：“alone she hath no part”——S. H. Butcher。此句出自跛神為阿基里斯打造的新盾牌，它既大又堅固，布滿裝飾，緣邊是三圈閃亮的金屬，外繫一根銀質肩帶。盾分五層，其精工設計的圖樣均見巧思。他鑄成大地、皓空、海洋、不倦的太陽、漸盈的滿月，並標示了每個掛在天上的星斗，像七仙女星，華宿星團，強大的獵戶星座，還有大熊星也是人稱北斗者，總是堅守她的崗位密切監視著獵戶；並且唯獨她沒有到海洋裡沐浴。按古希臘人的觀念，我們所居之大地為海洋所環繞，唯獨大熊星永不沒入海中。

⑨ 本章所提及的希匹亞斯（Hippias of Thasos），並非公元前五世紀著名的詭辯家，與蘇格拉底對話者。僅見於此，為今日吾人所不知之文法學者。

⑩ 按此句出自《伊里亞德》古抄本第二卷第十五行，宙斯託假夢傳話給阿加曼儂：「我們讓他得到榮譽」（We grant him achievement of glory）。為免直接地歸因於宙斯說謊，希匹亞斯建議把重音節轉變，從而此承諾是夢神轉達的，而不是宙斯，甚至是願他的祈禱成真的意思。但古本不存，今本寫成「特洛伊人大禍臨頭了」（and over the Trojans sorrows hang）；反倒是第二十一卷第二九七行，海神波賽頓鼓勵阿基里斯：「……當你取了赫克特性命，能回到船艦上，我們會讓你得到這份榮譽。」幾乎只有人稱代名詞不同而已。

⑪ 這第二句見於《伊里亞德》第二十三卷三二八行，「矗在那兒六呎高的枯樹樁，是棵橡樹或松樹，部分被雨泡爛……。」因有人質疑雖是枯樹樁，但橡木或松樹本是不易腐朽之植物，怎知其已腐爛？故希匹亞

(12)或者，再舉出由標點符號來解決問題的例證，如恩培多克勒的詩有云：「東西突然腐朽之前認定是不朽的，和東西沒混之前就混了。」⑫

(13)或者，有因意義的曖昧不明——如夜「過」了三分之二「praròxêken de pleô nex」，⑬此處「過」（pleo）這個字是曖昧不明的。

(14)或由於語言的慣例所致。由於任何混合的飲料均稱爲酒（wine）。因此堅尼梅得被稱作「爲宙斯斟酒人」，⑭雖然神並不喝酒。同樣地鐵匠（χαλκêas）又用於青銅器工人。無

斯建議將讀音hou改為ou，其意思也從「腐爛」（rotted）變成「沒腐爛」（not rotted）。這兩個例句應按希匹亞斯的讀法，又見亞氏之Sophistic Refutations 4 166b2-9。亦請參見*Aristotle's Poetics*, trans. M. Heath, p. 44 & pp. 60-61。

⑫關於恩培多克勒其人參見第一章註⑧，此處所引之詩see *Empedocles*, fragment 35, vv.14-15 Diels。而這首詩的原意是水、土、火、氣四個基本元素是不滅、不朽壞的，但混合起來形成一個會朽的世界。因此逗點應標在之前（before）的後面，即能明白可懂。

⑬見《伊里亞德》第十卷二五二行，其上下文為奧德修斯說道：「……我們現在就走吧，夜已深，黎明即將來臨。眾星已過天頂，夜過了三分之二，剩下三分之一我們守。」（But let us be going, for truly the night is waning, and near is the dawn, and the stars have gone onward, and night has advance more than two watches, but third watch is yet left.）因有的批評家挑剔地指出pleio或pleo夜既是過了三分之二，又何來三分之一呢？但pleo也可「整」解，故此句為「夜的整三分之二過去了」，如是這般吹毛求疵，真難矣哉！

⑭見《伊里亞德》第二十卷二三四行，堅尼梅得（Ganymedes）是特洛斯（Tros）三個出色的兒子之一，尤其是他長得更是俊美無比，被眾神請去為宙斯捧杯，不再生活在凡間。宙斯雖不喝酒，但基於語言的習慣和暗喻，堅尼梅得仍被稱為斟酒人。

1461b

論如何，這也可以當作是一種隱喻。

⒂此外，當一個字似乎包括了某種意義上的矛盾不一，我們就應該考量它在一個特殊的段落中可能會產生的多少個意義。⒃例如：「青銅槍就停在那兒」⑮我們可以拿會「停在那兒的」究竟有多少個途徑來考問自己。眞正的詮釋的模式是與格勞孔⑯所指出的錯誤相反才對。他說，某些批評者，欣然接受某種毫無根據的結論；他們做出不利的判斷，然後繼續推論找證據；並且，武斷地認爲詩人說過任何他們所想會發生的事，如果有件事與他們自己的幻想不一致，就算找到了缺點。關於伊卡雷爾斯的問題就是按照這種樣式處理的。批評者想像他是一個拉卡戴蒙人。因此他們感到奇怪，當泰勒曼科斯到拉卡戴蒙去，竟然沒有遇到外公伊卡雷爾斯。但是開弗來尼亞的故事或許是眞的。因爲他們宣稱奧德修斯是從開弗來尼亞

⑮同樣出自《伊里亞德》第二十卷二七二行，埃尼斯（Aineias）與阿基里斯交戰時，以其沉重的銅槍猛力向阿基里斯擲去，穿入盾牌令阿基里斯相當恐懼，但他多慮了，跛神所鑄造的並非凡品，那面盾牌共分五層，前面兩層銅雖被穿透，但第三層金「擋住」（eskheto）了它，更別說裡面還有兩層錫。

⑯格勞孔（Glaucon）：同名者不只一位，或許是柏拉圖對話錄《伊安》篇（*Ion*, 530D）中所提及對荷馬的評論者，與蘇格拉底、伊安、安格松等人同一時代的人。亦即是公元前五世紀後半葉到四世紀初活躍於雅典的人，其詩論今已不傳。另外亞氏《修辭學》第三卷第一章，所提到的那位來自愛琴海東南部島嶼——特俄斯（Teos）的格勞孔是否為同一人，待考。

的族人中挑選了妻子，而她的父親是伊卡底俄斯而不是伊卡雷爾斯。⑰它僅僅是一場錯認因而質疑其合理性的問題。

(17)一般說來，爲不可能的作辯解，必須考慮到藝術的要求，或更高的眞實，亦或者是公認的說法。關於藝術的要求，寧可選擇可能之不可能也不要用不可能之可能。此外，它是不可能的，但是應該像宙克希斯⑱所畫的人那樣，我們會說：「是的，可是這種不可能爲高等的事物，因爲理想的類型必定超越現實。」要替不合理辯護，我們將訴諸於公認的說法是什麼，再加上我們極力主張不合邏輯有時還是不要違背常理；正如「某件事的發生雖然不合概然性，卻是可能的」。

(18)事情聽起來矛盾，應該用同樣的規則來檢驗作爲辯證的反駁——它是否意指相同的事

---

⑰ 潘耐樂甫（**Penelope**）之父為伊卡底俄斯（**Icadius**）而不是伊卡雷爾斯（**Icarius**）。《奧德賽》第一卷第三二八行，提及潘耐樂甫（**Penelope**）為伊卡底俄斯（**Icadius**）的女兒，而不是拉卡戴蒙（**Lacedaemon**）的伊卡雷爾斯（**Icarius**），但仍有些版本錯把馮京做馬涼。按該書第三卷潘耐樂甫的兒子泰勒曼科斯（**Telemachus**）去派羅斯（**Pylos**）找耐斯特爾（**Nestor**），打聽父親奧德修斯的下落，他雖不知道，卻建議泰勒曼科斯去拜訪剛從海外返回的斯巴達王曼耐勞斯（**Menelaus**），或許能得到有關其父的消息。於是，泰勒曼科斯就前往斯巴達，亦即拉卡戴蒙打探，從而引發第四卷的情節敘述。亞氏指出部分批評家先是張冠李戴，繼之武斷指責荷馬疏漏，連犯兩錯豈不可哂！

⑱ 關於宙克希斯（**Zeuxis**）見第六章與其註①。

物、相同的關係以及相同的意義。因此，我們解決問題應該參照是詩人自己說的或者是暗地裡假託由一個賢能的人說的。

⒆類似地情形，不合理的元素，人物性格的墮落，理所當然地受責難，尤其是在沒有內在的必然性，只為了引介他們。在優里匹蒂斯之艾勾斯的引介⑲和《奧瑞斯提斯》劇中曼耐勞斯的卑劣，⑳凡此均屬不合理的元素。

⒇是故，從批評的質疑引出的根源有五個：責難之事有不可能的、不合理的，道德上有害、矛盾對立、違反藝術的準確。答案應在上述十二項下去找。

---

⑲ 由於雅典王艾勾斯（Aegeus）沒有子嗣，所以前往德爾菲神廟乞求神諭。於其回程中又想找好友特羅曾尼亞王匹透斯釋疑，順道造訪米迪亞。在艾勾斯與米迪亞言談中，得知傑生要娶克瑞昂的女兒，並將米迪亞驅逐出境。艾勾斯一則同情她的遭遇，認為她受到不公平的對待；再則貪圖米迪亞能以法術助其生子。故而答應米迪亞的請求，准許她到雅典定居，甚至憑著全體神明起誓，在其有生之年，絕不會把她交給仇人帶走，也不能逐其離開雅典。若有違背誓言，願受不敬神明的懲罰。此一情節的引介，免除了她的後顧之憂，間接有助於米迪亞毒害公主和殺子報復傑生之負心背義計畫的進行。但畢竟艾勾斯求子嗣，訪友釋疑，順便來看米迪亞，都是外來插入的事件，而且建立在偶然的因素上，與悲劇動作並無概然和必然的關聯性。甚至沒有它，米迪亞還是一樣會展開其報仇雪恨的行動，不致有多大影響，頂多亡命天涯，再找棲身之所。

⑳ 同第十五章註①。

第二十八章

內容提要

悲劇與敘事詩哪個價值比較高？因爲悲劇擁有敘事詩相同的元素，又有場面和音樂兩個能夠產生非常生動快感的元素，顯然占優勢。對悲劇貶抑往往不是本質的，而是表演上的問題。

正文

也許有人會問敘事詩或悲劇的模擬模式哪一種比較高。①如果愈精緻的藝術會比較高，並且在每一個情況中愈精緻就訴求愈好的觀眾，不挑剔地模擬每種事物的藝術就明顯地粗糙。觀眾也應該是理解有限除非由表演者投入他們自己的某些東西，因此他們耽溺於不斷地走位。②就像個壞的吹笛者扭動又旋轉，如同表演擲鐵餅，或者是與合唱隊長拉拉扯扯地表

① 現存亞氏《詩學》主要探討悲劇與敘事詩，關於兩者的一般問題都已涉及，故於本章需做一個總結。甚至也有必要概括比較兩者的優劣和價值的高低，當然，此一工作必定引起很大的爭議，而亞氏也非常睿智地選擇從爭議開始。

② 演員在舞臺上往往都會焦慮觀眾對他不耐煩，失去興趣，尤其是當他沒有臺詞，一動也不動的時候，這種

1462a

演起《斯庫拉》中的海怪來。③ ⑵把悲劇說成有同樣的缺失。我們可以拿前輩演員消遣其後輩的說法來比較。明尼斯科斯④常叫考利匹蒂斯⑤是「猴」，因爲他的動作太誇張，對品達魯斯⑥也持相同的看法。那麼，就整體而言，悲劇與敘事詩就像年輕和年長的演員之間有相同的關係。是故，有人告訴我們敘事詩是向有教養的觀眾表達的，不需要裝腔作勢；悲劇則訴求次等的公眾。⑶存在著粗俗，顯然它是兩者中較低者。⑦

現在，首先要說這種責難涉及的不是詩而是表演藝術；因爲在敘事詩的朗誦中也有同

感覺會變得更為強烈。於是，他會自覺或不自覺地走位（**movement**），變換姿勢（**gesture**），和加上其他做表。殊不知沒來由的做戲（**pantomimic dramatization**）或肢體動作的表演，不但不會激起觀眾的興趣，反而令人厭惡。這可能就是亞里斯多德所指稱的情形。

③ 或許仍指泰蒙修師（**Timotheus**）所撰之洒神頌《斯庫拉》（*Scylla*），請參閱本書第十五章註②。

④ 明尼斯科斯（**Mynniscus**）可能在其年輕時，就開始參與埃斯庫羅斯（**Aeschylus**）後期劇本的演出。一直到公元前四二二年還上臺表演獲獎。

⑤ 考利匹蒂斯（**Callippides**）雖是明尼斯科斯的後生晚輩，但從公元前五世紀最後的二十幾年就嶄露頭角，活躍於舞臺。連索福克里斯的傳記中也提起過他，也曾自負的表示能控制觀眾的眼淚。

⑥ 品達魯斯（**Pindarus**）：現存資料中只有此處提及他，能出自亞氏之口，自是當時享有盛名者。

⑦ 從觀眾的品味與素質來判斷作品或類別的高低，並非全無道理可言。柏拉圖於其《法律篇》（*Laws*, **658D**）中云：「年輕的孩子會讓喜劇得獎；如果以有教養的婦女和年輕的男人為主的觀眾會把票投給悲劇；但是我們年紀較長的男人會在一場精彩的《伊里亞德》或《奧德賽》，亦或是《希索德詩篇》的吟唱中，獲得最大的快感，並宣布他才是真正地贏家。」

1462b

樣裝腔作勢過火的表演，如叟息斯垂特斯，⑧或者在抒情詩的競賽中像歐普斯的慕那西修司。⑨其次，不是所有的動作都該指責——豈不要把所有的舞蹈都包括在內——應該只有壞的表演者。諸如在考利匹蒂斯表演中所發現的缺點，亦如我們今天其他的受批評者，只因其再現一個賤女人。再者，悲劇就像敘事詩，甚至不藉助動作表演也能產生效果；僅憑閱讀就流露它的力量。如果，它在所有其他方面是優秀的，而這些缺點，公平地說又不是它本身就有的。

(4)悲劇比較優秀，因爲它具備所有敘事詩的元素——甚至可用敘事詩的格律——並有音樂與場面作爲重要的輔助；這些都能產生最生動的快感。進而在閱讀中，所有的生動印象在呈現時也一樣。(5)此外，藝術是在較嚴格的限制內達成其目的；集中的效果要比延展一段時間造成沖淡，產生更多的快感。例如：索福克里斯的《伊底帕斯》的效果，如果把它安排成跟《伊里亞德》一樣長的形式，會是個什麼結果？(6)再次強調，敘事詩的模擬較少統一性；任何敘事詩篇的題材都能供給數部悲劇之用，就顯示出這種情形。是故，如果這個故事由詩人改編成一個擁有嚴密的統一體，它必定是說法簡潔和去蕪存菁，亦或是如果要它符合敘事

---

⑧ 叟息斯垂特斯（Sosistratus）：唯有此處提及，其他一無所知。

⑨ 慕那西修斯（Mnasitheus）：除亞氏述及他是歐普斯人（Opuntain）外，餘均不知。

詩的標準長度，必定會減弱或平淡乏味。（如此長度也蘊含著失去統一），我的意思，如果這詩篇是出自數個動作建構起來，像《伊里亞德》和《奧德賽》有許多個部分，每一個部分其自身均有一定的長度。甚至這些詩篇在結構中盡可能做到完美；每一個在單一動作的模擬中，都達到最高程度。

(7)然而，如果悲劇在所有這些方面都優於敘事詩，兼且，作爲一種藝術在履行其特殊功能上更佳——如前所述，每一種藝術都應該產生，不是偶發的快感而是獨特的快感——它明白地歸結悲劇是較高的藝術，可以完美地達成其自身的目的。

(8)至此一般論及悲劇與敘事詩的問題說得夠多了；幾個種類和成分，每一種的數量與其差異；造成一部詩篇好壞的原因；批評家的質疑和對質疑的解答就講到此爲止。⑩

---

⑩ 關於《詩學》是否真的到此結束，有沒有第二部或續篇，一直都是個爭論未決又無補於事的學案。首先，從文氣文義上看，只像敘事詩與悲劇的討論告一段落，而非其第一章開宗名義所要探討的問題的全部總結。其次，按第六章第一行「關於六音步體詩之模擬，和喜劇留到以後再說」。第三，亞氏在其《修辭學》中表示：「關於可笑的主題，已放進《詩學》中詳加討論」（**But on the subject of ridiculous, a detail discussion has been said entered into in the *Poetics*.** *Rhetic*.1. 11., 1371b 36）；又說：「可笑究竟有多少種，已於《詩學》中陳述過了」（**It has been stated in the *Poetics* how many species of ridicule there are;** ...*Rhetoric*. 3.18, 1419b6）。此外，亞氏在其《政治學》第八卷最後一章中也特別提到「淨化」（karthasis）的意涵，會在《詩學》中講得更清楚。而現存的《詩學》卻未再解說，亦可視為佐證之一。

最後，有些學者把後來無名氏之喜劇論綱（the Tractatus Coislinianus），援引亞里斯多德的觀點，視為《詩學》第二部喜劇篇的反射。但不論怎麼證明確有《詩學》續篇，也無法改變現在看不到它的事實，和徒增遺憾。當然也有不少學者專家持相反的看法，在此就不再列舉其觀點了。

附錄：喜劇論綱

（Tractatus Coislinianus）

這個十世紀殘缺的手稿，於一八三九年發現於法國，典藏在巴黎的國家圖書館。它可能抄自紀元前一世紀的作品，即令不能斷定其與亞氏的確切關係，但也可發現其基本觀念和形式是脫胎於亞氏詩學，甚至有刻意模仿之嫌。

詩分爲(I)非模擬的或(II)模擬的兩大類。(I)非模擬的詩又劃分成(A)歷史的，(B)傳授的。(B)傳授的詩再分爲⑴訓誨的，⑵理論的。

(II)模擬的詩劃分成(A)敘述的，(B)戲劇的並（直接地）呈現動作。(B)戲劇的詩，或（直接地）呈現動作者，又可分爲⑴喜劇，⑵悲劇，⑶仿劇，⑷撒特劇。

悲劇透過憐憫與恐怖移除了恐懼的情緒。甚且（他說）其目標在有一個適當比例的恐懼。悲哀爲悲劇之母。

喜劇是對一個可笑的和醜陋的動作的模擬，其具足夠的長度，（在裝飾的語言中，）數種（裝飾）分別（見於）劇本的（幾個）部分；（直接地呈現）由人來演；而不是（由）敘述方式；透過喜悅和笑聲產生這類情緒的淨化。笑乃喜劇之母。

笑聲出自(I)措辭（＝表達），(II)事物（＝內容）。

(I)來自措辭的，有用——

(A)同音異義字

(B)同義字

(C)嘮嘮叨叨

(D)音同但字源、拼法、字義不同，在形式上有——

(1)加長

(2)減短

(E)小詞

(F)誤用

(1)由聲音而生

(2)類似的其他方法

(G)文法和句法

(II)笑聲有因事物而生

(A)來自同化，運用了

(1)醜化傾向

(2)美化傾向

(B)出自騙局

(C)出自不可能

(D)雖然可能但是沒有結果

(E)出自意料之外

(F)來自貶低人物

(G)來自運用丑角式的（默劇的）舞蹈

(H)在其有權時忽略重大，選擇了無關緊要的事物

(I)當其故事是鬆散的，情節往往就不連貫

喜劇不同漫罵，因爲漫罵是公開指責他人的負面特質，而喜劇僅只是強調或凸顯這些性質罷了。

戲謔者往往是對他人身心上的缺點做文章，玩遊戲。

假如悲劇應有適當比例的恐懼，而喜劇就應該有適當比例的笑聲。

喜劇的基本元素包括⑴情節，⑵性格，⑶思想，⑷措辭，⑸歌曲，⑹場面。

喜劇的情節是把可笑的事件建構在一起。喜劇的人物性格有⑴丑角式的，⑵嘲諷式的，⑶騙子型的。

至於思想部分有二：(A)立論與(B)證明。〔證明（或說服）爲〕五種：⑴誓言，⑵契約，⑶見證，⑷拷問〔測驗或神判〕，⑸法條。

喜劇的措辭是共同的，通俗的語言。喜劇的詩人有必要以其本土慣用語賦予他的人物，又以外邦的慣用語分配給一個外邦人。

歌曲屬於音樂藝術的領域，因此它必定服膺該藝術之基本規範。場面對戲劇最大的好處就在於提供符合要求之事物。

情節、措辭，與歌曲見於所有的喜劇裡，而思想、性格與場面只見於少數劇作。

喜劇量的部分有四：⑴序場，⑵合唱部分，⑶插話，⑷退場詞。序場爲喜劇的一部分延展到合唱團進場之前的段落。合唱部分是介於插話之間，由合唱團所演唱者。所謂一段插話是依存於兩個合唱歌之間。退場詞是演員和合唱團於結尾時的表演部分。

喜劇的種類有：⑴舊喜劇有超多可笑之處；⑵新喜劇與笑聲的關聯性不大，並傾向於嚴肅的；⑶中喜劇則是兩者的混合。

參考書目

一、外文部分

(一)詩學原文、譯文、評註

Butcher, S. H. *Aristotle's Theory of Poetry and Fine Art*. New York: Dover Publications, Inc., 1951.

Bywater I. *Aristotle on the of Poetry*. London and New York: Oxford University Press, 1909.

Carlson, Marvin. *Theories of the Theater*. Ithaca and London: Cornell University Press, 1993.

Cooper L. *Aristotle on the Art of Poetry*. Ithaca and London: Cornell University Press, 1975.

Else, G. F. *Aristotle's Poetics: The Argument*. Cambridge, Mass.: Harvard University Press, 1957.

——*Aristotle*: *Poetics*. Ann Arbor Michigan: The University of Michigan Press, 1967.

Fergusson, Francis. *An Introduction to Aristotle's Poetics*. Trans. Butcher S.H. New York: Hill and Wang, 1961.

Golden, Leon and Hardison O. B. Jr. *Aristotle's Poetics*. Englewood Cliffs, N.J.: Prentice-Hall, 1968.

Halliwell, Stephen. *The Poetics of Aristotle.* Chapel Hill: North Carolina University Press, 1987.

Heath, Malcolm. *Aristotle Poetics.* London: Penguin Books, 1996.

Hutton, James. *Aristotle's Poetics.* New York, London: W. W. Norton & Company, 1982.

Janko, Richard. *Aristotle's Poetics.* Indianapolis: Hackett Publishing Company, 1987.

Lucas, D. W. *Aristotle Poetics.* Oxford: Oxford University Press, 1986.

Margoliouth, D. S. *The Poetics of Aristotle.* London: Hodder and Stoughton, 1911.

Mc Leish, *Kenneth. Aristotle Poetics.* New York: Theatre Communications Group, 1999.

㈡ 相關論著

Boal, August. *Theatre of the Oppressed.* Trans. Charles A. & Maria-Odilida Leal Mcbride New York: Urizen Books Inc., 1979.

Brockett, Oscar G. *History of the Theater.* Boston: Allyn and Bacon, 1995.

Collingwood, R. G. *The Principles of Art.* London: Oxford University Press, 1949.

Clark, Barrette H., ed. *European Theories of the Drama.* Revised by Henry Popkin, New York: Crown, 1965.

Cornford, F. M., *The Origin of Attic Comedy.* London: E. Arnold, 1914.

Else, Gerald F. *The Origin and Early Form of Greek Tragedy.* Cambridge, MA, 1965.

Fergusson, Francis. *The Idea of a Theatre.* New York: Doubleday, 1953.

Frye, Northrop. *Anatomy of Criticism four Essays.* New Jersey: Princeton University Press, 1971.

Gassner, J. *Masters of the Drama.* Taipei: Bookman Books, Ltd.,1990.

Golden, Leon. *Aristotle on Tragic and Comic Mimesis.* Atlanta, Georgia: Scholars, 1992.

Henn, T. R. *Harvest Tragedy.* London: Methuen and Co. Ltd., 1966.

Janko, Richard. *Aristotle on Comedy.* Berkeley and Los Angles: University of California Press, 1984.

Jones, J., *On Aristotle and Greek Tragedy.* London: Oxford University Press, 1962.

Kitto, H. D. F., *Greek Tragedy*: *A Literary Study.* New York: Barnes and Noble, 1961.

Knox, Bernard. *Oedipus at Thebes.* New Haven and London: Yale University Press, 1998.

Olson, Elder, ed., *Aristotle's Poetics and English Literature*: *A Collection of Criticism Essays.* Chicago: University of Chicago Press, 1965.

——*Tragedy and the Theory of Drama.* Detroit Wayne State University Press, 1972.

Lucas, F.L., *The Greek Tragic Poets*. New York: W. W. Norton and Co., 1964.

Mandel, Oscar. *A Definition of Tragedy*. New York University Press, 1961.

Muller, Herbert J. *The Spirit of Tragedy*. New York: Alfred A. Knope Inc., 1956.

Nicoll, Allardyce. *Mask, Mimes, and Miracles*. New York, 1931.

Pickard-Cambridge, A. W. Dithyramb, *Tragedy, Comedy*. 2nd ed. Revised by T. B .L. Webster. London: Oxford University Press, 1962.

Segal, Erich. Ed., *Greek Tragedy*. New York: Harper and Row, Publishers, 1983.

Zimmerman, J. E., *Dictionary of Classical Mythology*. Taipei: Bookman Books, 1996.

㈢ 引證劇作與敘事詩

Aeschylus Oresteia: Agamemnon, Libation Bearers, and Eumenides. The Persians.

Prometheus Bound.

Seven Against Thebes.

The Suppliants.

Aristophanes: Acharnians.

Frogs.

Euripides: Andromache.
The Bacchae.
Cyclops.
Electra.
Helen.
Heracles.
Iphigenia at Aulis.
Iphigenia in Tauris.
Medea.
Orestes.
The Trojan Women.
Homer: Iliad.
Odyssey.
Sophocles: Ajax.
Antigone.
Electra.

Oedipus Rex.
Philoctetes.

二、中文部分

王士儀，《論亞里斯多德《創作學》》，臺北：里仁，民八十九年。
　《亞里斯多德《創作學》譯疏》，臺北：聯經，民九十二年。
朱光潛，《西方美學史》，臺北：漢京，民七十一年。
威爾．杜蘭，《世界文明史》之七，《希臘的衰落》，張平男等譯，臺北：幼獅，民六十一年。
林國源，《古希臘劇場美學》，臺北：書林，民八十九年。
亞里斯多德，《亞里斯多德全集》，苗力田主編，北京：中國人民大學，一九九三年。
柏拉圖，《柏拉圖全集》，王曉朝譯，臺北：左岸，民九十二年。
亞里斯多德，《詩學》，胡耀恆譯，臺北：中外文學，民七十六年。
姚一葦，《詩學箋註》，臺北：編譯館，民五十五年。
　《戲劇論集》，臺北：開明，民五十八年。

《美的範疇論》，臺北：開明，民六十七年。
《戲劇原理》，臺北：書林，民八十一年。
修昔底德，《伯羅奔尼撒戰爭史》，徐松岩等譯，桂林：廣西師範大學，二〇〇四年。
陳中梅，《亞里斯多德詩學》，臺北：商務印書館，民九十年。
基托，《希臘人》，上海：上海人民，二〇〇六年。
康福德，《修昔底德》，孫豔萍譯，上海：上海三聯，二〇〇六年。
萊辛，《漢堡劇評》，張黎譯，上海：上海譯文，一九八〇年。
舒維普，《希臘羅馬神話與傳說》，齊霞飛譯，臺北：志文，一九八六年。
赫米爾頓，《希臘羅馬神話故事》，宋碧雲譯，臺北：志文，一九八六年。
維爾南，《希臘人的神話和思想》，黃豔紅譯，北京：中國人民大學，二〇〇七年。
鄭振鐸，《希臘神話與英雄傳說》，上海：上海世紀，二〇〇六年。
劉效鵬，《亞里斯多德詩學論述》，臺北：秀威，二〇一〇年。
奧托．澤曼，《希臘羅馬神話》，周惠譯，上海：上海世紀，二〇〇五年。
羅素，《西方哲學史》，臺北：五南，民七十三年。
羅念生，《羅念生全集》第一卷，《詩學》、《修辭學》，上海：上海人民，二〇〇四年。

《羅念生全集》第二卷，悲劇（之一），上海：上海人民，二〇〇四年。
《羅念生全集》第三卷，悲劇（之二），上海：上海人民，二〇〇四年。
《羅念生全集》第四卷，喜劇，上海：上海人民，二〇〇四年。
《羅念生全集》第五卷，《荷馬史詩》，上海：上海人民，二〇〇四年。
《羅念生全集》補卷，《悲劇四種與詩歌選》，上海：上海人民，二〇〇七年。
《希臘羅馬神話詞典》，臺北：谷風，一九八六年。

索引

（本索引詞條後的數字爲章數）

人名

四畫

五畫

六畫

七畫

八畫

九畫

十畫

十一畫

十二畫

十三畫

十四畫

十六畫

十七畫

十八畫

二十畫

作品

五畫

六畫

十六畫

十七畫

亞里斯多德年表

Aristotle, 384-322 BC

年分	生平記事
前三八四年	生於今希臘北部的斯塔吉拉（Stagira）。這個城市靠近馬其頓宮廷所在地培拉（Pella）。亞里斯多德的父親老尼各馬可斯（Nicomachus）是馬其頓宮廷的御醫，母親是來自歐波亞島（Euboea）的僑民，在斯塔吉拉有房產。亞里斯多德也許在馬其頓宮廷中度過了童年。
前三六七年	旅行到雅典（Athens），就學於柏拉圖的學園。
前三四七年	柏拉圖去世後，也許是因為與馬其頓宮廷的親近關係，亞里斯多德離開雅典。在一位做了艾索司（Assos）的僭主的柏拉圖主義者荷米亞斯（Hermias）的邀請下，亞里斯多德到了艾索司，並娶了荷米亞斯的妹妹（一說養女）派翠亞絲（Pythias）為妻。與色諾克拉底（Xenocrates）和較早回到小亞細亞的另兩位柏拉圖主義者艾拉斯都（Erastus）和克里斯庫（Coriscus）共同發展了雅典學園的小亞細亞分部。《政治學》第七卷在此期間完成。開始對動物學的研究。
前三四五年	旅行到米蒂利尼（Mytilene），繼續動物學研究。
前三四二年	在馬其頓王腓力二世（Philip 二）的邀請下，旅行到培拉，成為亞歷山大（Alexander）的教師。《優臺謨倫理學》可能在這個時期完成。

前三四〇年	腓力二世南征希臘拜占庭，亞歷山大為父王攝政，亞里斯多德回到故鄉斯塔吉拉。
前三三六年	腓力二世遇刺，亞歷山大繼位。
前三三五年	亞歷山大遠征亞洲，亞里斯多德的好友安提派特（Antipater）為亞歷山大攝政，兼管希臘軍務。短居斯塔吉拉之後，亞里斯多德回到雅典，在呂克昂（Lyceum）租借了一些健身房，建立了他自己的學園。 同年，派翠亞絲去世，留給亞里斯多德一個女兒小派翠亞絲（Pythias, Jr.）。此後，亞里斯多德與一個奴隸海普麗絲（Herpyllis）共同生活，後者為他生育了一個兒子尼各馬可斯（Nicomachus）。《尼各馬可倫理學》大約在這一時期完成。
前三二三年	在亞歷山大猝亡後，亞里斯多德被祭司歐呂麥冬（Eurymedon）控犯大不敬罪，理由是他為荷米亞斯寫的一首頌詩褻瀆神靈。亞里斯多德因此決定在判決前離開雅典，以免使雅典人「第二次對哲學犯罪」。他遷居至母親的故鄉哈爾基斯，那裡有母親的一處房產。
前三二二年	由於長期消化不良和過度工作，逝世於哈爾基斯，享壽六十三歲。

經典名著文庫 082

詩學

Poetics

作　　者 —— 亞里斯多德（Aristotle）
譯註、導讀 —— 劉效鵬
發 行 人 —— 楊榮川
總 經 理 —— 楊士清
總 編 輯 —— 楊秀麗
文庫策劃 —— 楊榮川
本書主編 —— 蔡宗沂
責任編輯 —— 沈郁馨
封面設計 —— 姚孝慈
著者繪像 —— 莊河源
出 版 者 —— 五南圖書出版股份有限公司
地　　址：106 臺北市大安區和平東路二段 339 號 4 樓
電　　話：02-27055066（代表號）
傳　　真：02-27066100
劃撥帳號：01068953
戶　　名：五南圖書出版股份有限公司
網　　址：https://www.wunan.com.tw
電子郵件：wunan@wunan.com.tw
法律顧問 —— 林勝安律師
出版日期 —— 2019 年 5 月四版一刷（共二刷）
2024 年 4 月五版一刷
定　　價 —— 300 元

國家圖書館出版品預行編目資料

詩學 / 亞里斯多德 (Aristotle) 著；劉效鵬譯註、導讀 .-- 五版 .-- 臺北市：五南圖書出版股份有限公司，2024.04
面； 公分 . --（經典名著文庫；82）

譯自：Poetics.

ISBN 978-626-393-096-4（平裝）

871.31　　113002085